SHIFT

ISBN 979-10-352-0801-1

Éditrice : Charline Vanderpoorte
Assistante d'édition : Juliette Gaillard
Illustration de couverture : Julien Chausse
Maquette intérieure et de couverture : Amandine Chambosse

Loi n° 49-956 du 16 juillet 1949 sur les publications destinées à la jeunesse

MARTINE POUCHAIN

SHIFT

EDITIONS THIERRY MAGNIER

Martine Pouchain n'a pas aimé l'école, ni le lycée, elle n'a jamais été prof. Et si elle a fini par avoir son bac, c'est grâce à ses notes en philo et en français. Son père était artisan peintre en bâtiment, elle est devenue artisane romancière après l'envoi d'un roman médiéval à Gallimard en l'an 2000. La Picardie, la Sologne, la Bourgogne, puis Paris pendant vingt-cinq ans, et la voilà de nouveau amiénoise. Un peu oursonne l'hiver, mais papillonne – oui, c'est le féminin de papillon – dès le printemps, pour se rendre dans les salons, collèges, lycées, avec d'autant plus d'allégresse que ce n'est plus elle qu'on somme d'apprendre et de réussir les examens. Écrire, c'est sa façon de célébrer la vie.

Bibliographie :

Meurtres à la cathédrale, Gallimard jeunesse, 2000
La Fête des fous, Gallimard jeunesse, 2001
Le Monstre des marais, Gallimard jeunesse, 2002
Printemps volé, Pocket jeunesse, 2005
Aldébaran 33°N 77°E, Magnard jeunesse, 2005
Le Fils du loup bleu, Nathan, 2006
Fugue majeure, Nathan poche, 2006
La Couleur du crime, Flammarion, 2006
Chevalier B., Sarbacane, 2007
Les Ostrogoths, Les 400 Coups, 2007
Un hanneton dans le plafond, Nathan, 2008
Amour sorcier, Flammarion, 2009
Ce que j'aime c'est, Sarbacane, 2010
Johnny, Sarbacane, 2010
La Ballade de Sean Hopper, Sarbacane, 2010
Dans l'enfer de Bagdad, Oskar, 2011
Trois gouttes de sang, Flammarion jeunesse, 2011
Sako, Oskar, 2011

Prisonniers des Templiers, Oslo poche, 2011
Délinquante, Sarbacane, 2011
Traverser la nuit, Sarbacane, 2012
Sabotage, Oskar jeunesse, 2013
Zelda la rouge, Sarbacane, 2013
Dylan Dubois, Sarbacane, 2015
Gloria, Sarbacane, 2017
Fil de fer, Flammarion, 2018
Sous-sol, Sarbacane, 2022
Il était un petit navire, coll. Grands romans,
Éditions Thierry Magnier, 2022
Liverpool-sur-Somme, coll. Grands romans,
Éditions Thierry Magnier, 2023
La Forêt pour te dire, Sarbacane, 2024

Avertissement :

Cette histoire presque entièrement inventée est tirée d'une histoire presque vraie et contient donc beaucoup d'événements qui ont réellement eu lieu. Toute ressemblance avec des personnes ayant existé pourrait par conséquent ne pas être fortuite.

JOUR UN, vingt-deux heures.

90, 91, 92, 93, 94, 95…

Je suis sous un arbre, un platane, je crois. Sur une place. Des gens s'affairent, pressés, bruyants. Ils portent des vêtements étranges, on dirait qu'ils sont déguisés. Un peu partout des animaux se baladent, en liberté. Volailles, porcs, bœufs… C'est un marché aux bestiaux ?

– Tu ne peux pas faire attention ?!

J'ai failli me faire renverser par… une charrette à cheval ? Une charrette à cheval ! Le cocher m'a engueulée en plus, ça veut dire qu'il me voit !

Il-me-voit ! J'ai réussi ! J'ai réussi ! J'ai réuss…

JOUR UN, vingt-deux heures vingt.

89, 90, 91, 92, 93…

Je reviens sur la place… Un garçon d'une vingtaine d'années vend du tissu à la coupe. Comme à la halle Saint-Pierre à Paris, mais son étal est adossé à une boutique. Il discute avec des femmes qui palpent les étoffes. Elles ont des robes longues, des coiffures d'autrefois, des coiffes style foulard, mais en moins… je ne sais pas.

Je fais quelques pas. J'ai l'étrange impression d'être toute petite. Je porte une robe longue moi aussi, en velours bleu, et ma peau est blanche, si blanche, et mes mains sont si menues… on dirait des mains de petite fille.

Une odeur de poisson grillé se faufile jusqu'à moi, je la sens, je peux la sentir ! Joie !

Shit !!!

Shit et re-*shit* !

JOUR UN, vingt-deux heures quarante-quatre.

88, 89, 90…

Toujours sur la place, mais l'étal est fermé. À l'autre bout, des gens festoient autour d'une table à tréteaux. La brise fait frémir les feuillages et un merle s'envole en poussant un cri bref.

Je ne comprends pas où je suis. Dans un village ou une petite ville du Sud qui ressemble à Forcalquier. J'y passais des vacances avec ma grand-mère quand j'étais petite.

Une femme crie *Clara !* On dirait que c'est à moi qu'elle s'adresse et fait signe de la rejoindre.

Elle connaît mon nom ?!

Elle n'a pas l'air commode, elle se prend pour qui ? Je n'ai aucune envie de lui obéir.

Le garçon qui vendait des étoffes sort de la boutique fermée et traverse la place, élégant, nonchalant. Son corps est si harmonieux qu'il paraît danser, et son regard… son regard…

Oh non ! Non !

Pas encore, pas déjà !

JOUR UN, vingt-trois heures.

80, 81, 82, 83, 84…

Je respire, je tâche de rester calme. Je ne veux pas encore être éjectée au bout de trois minutes. C'est idiot ce que je dis : je suis la seule responsable. Je m'éjecte toute seule, sans le faire exprès, mais toute seule.

Par défaut de concentration, ou par excès d'émotion.

– Clara ! crie la femme. Dépêche-toi !

Le garçon nonchalant n'est plus là… C'est ce que je crois jusqu'à ce que… bim ! je me cogne contre lui ! Il s'agenouille et me tend un mouchoir blanc, brodé d'un *C*, il est tombé de la bourse en cuir attachée à ma ceinture.

– Clara ?

Ce n'est pas vraiment une question. Il sait que je suis Clara et il connaît la femme qui m'a appelée, c'est ma gouvernante. Tout le monde connaît tout le monde dans cette petite ville, et le mouchoir brodé d'un *C* confirme que je m'appelle Clara.

Évidemment que je m'appelle Clara, et non, je ne suis pas folle. C'est plus compliqué.

– Merci… Monsieur.

La tunique rouge cochenille du garçon accentue son regard clair, mi-vert, mi-brun. Ses cheveux châtains tombent en boucles sur ses épaules et sa voix mélodieuse et sucrée mute cristalline quand il dit, souriant :

– Non, pas *Monsieur*, Gianni.

Son nom m'est venu aux lèvres avant qu'il le prononce et le feu me monte aux joues quand sa main frôle la mienne. Aucune intention dans son geste. Mais tapie au fond de la petite Clara, je m'enflamme tandis que le regard de ce Gianni me rentre à l'intérieur, s'y pelotonne, y fait sa tanière, s'y sent aussitôt comme chez lui.

Et la vie, le monde, et toutes les raisons d'être s'y engouffrent.

Et m'éjectent.

C'est quoi, *rouge cochenille* ?

C'est qui, ce Gianni dont le sourire m'embrase ?

JOUR DEUX, vingt et une heures.

1, 2, 3… À 63, j'y suis déjà.

Je maîtrise !

Il faudrait que j'apprenne à m'y tenir plus longtemps, ne serait-ce que pour comprendre où je suis.

Sur la place d'une ville inconnue pour l'instant.

J'ai une robe comme la dernière fois, si longue qu'elle balaye le sol. En velours, la robe. En terre battue, le sol. Mes cheveux blond foncé – vénitien ? – flottent sur mes épaules.

Les hommes portent des sortes de pantalons, des tuniques, et les femmes des robes. Certaines arborent des bandeaux comme *La Jeune Fille à la perle* de Vermeer.

Non loin, des filles et des garçons d'une vingtaine d'années sont attablés sous les platanes devant une auberge, buvant et riant. J'ai envie de les rejoindre, mais dès que je fais mine de m'éloigner d'elle, cette satanée bonne femme m'en empêche.

– Clara, tu restes près de moi.

L'aubergiste s'appelle Paul. Il est français, il est le seul, il a un accent. Tous les autres parlent… italien ?

Je comprends l'italien ?! Gianni est parmi eux, vêtu de safran. On dirait qu'il s'intéresse à la fille brune qui rit très fort près de lui.

– Elmira, dit quelqu'un, arrête de faire les yeux doux à Giovanni, je suis jaloux !

Si belle, cette Elmira, qu'elle est une injure au commun des mortelles.

Gianni se lève et se met à chanter. Il a un timbre de contralto qui ressemble à celui de Klaus Nomi et qui s'aventure aussi dans les graves. L'effet en est ravageur, langoureux. Je ne suis pas la seule à être fascinée. Certaines et certains le dévorent des yeux. Sa façon de bouger, regarder, suspendre un geste, une phrase, envoûte son auditoire.

À la fin, on l'applaudit.

– Cette chanson était magnifique, mais je préfère celle que tu as composée l'autre semaine, dit quelqu'un.

Il compose ? Il chante ses compositions ?

Je ne comprends pas ce que je vois. Je dois être dans un film, mais je n'arrive pas à deviner lequel. Je ne l'ai jamais vu. C'est possible de shifter dans un film qu'on n'a jamais vu ?

– Dépêche-toi, Clara, j'attends ! dit la gouvernante.

– Je suis occupée, ça se voit pas ?!

Elle ne me lâche pas. Il faudrait que je trouve le moyen de me débarrasser d'elle ou de shifter dans un autre corps si je veux me rapprocher de Gianni. Il m'a regardée un bref instant quand j'ai répondu en criant.

Au moment où ses yeux se sont posés sur moi, j'ai eu l'impression de devenir liquide.

Ce n'est pas normal pour une petite fille de ressentir de telles choses.

Ce n'était pas Forcalquier.

Voilà, chère Masha, le résumé de mes débuts balbutiants dans le shifting.

Si je suis enfin parvenue à l'expérimenter, c'est grâce à tes conseils… que j'aurais peut-être été avisée de suivre jusqu'au bout. Mais rien de tout ça ne serait arrivé si nos chemins ne s'étaient pas croisés au début de l'année scolaire.

Tu m'as dit que tu connaissais un peu le français en arrivant en France. Tu es modeste, tu le parlais sûrement plus qu'un peu vu la façon dont tu le maîtrisais quand tu es entrée au lycée. Tu étais même meilleure que moi en orthographe et en grammaire, une de mes bêtes noires, la grammaire.

Je t'ai tout de suite aimée et admirée. Ton prénom déjà, Masha, d'origine persane, il signifie *comme la lune*. J'aimerais bien que mon prénom signifie quelque chose. C'est un tout petit peu le cas puisque Clara est la traduction latine de *claire*, claire *comme la lune* ?

Si on a le même âge à quelques mois près, tu avais déjà vécu plusieurs vies pendant que la petite Française nantie que je suis attendait le shifting pour trouver son existence moins fade.

Les élections de 2009 en Iran avaient été contestées par une grande partie des Iraniens qui avaient manifesté leur désapprobation dans la rue. La répression avait fait plusieurs centaines de morts, dont ton père. Le cœur en miettes, ta mère avait alors décidé de rejoindre sa sœur qui vivait déjà à Paris.

Elle ne voulait pas que sa fille soit forcée de vivre cachée, voilée, infériorisée.

Depuis, les événements n'ont cessé de lui donner raison. Narges Mohammadi, universitaire et journaliste, défenseure des droits des femmes, purge une peine de trente ans pour avoir plaidé contre le port du voile et la soumission des femmes. Plus récemment, une fille de vingt-deux ans qui portait presque le même prénom que toi, Mahsa Amini, est morte en détention trois jours après son arrestation parce qu'elle ne portait pas son voile aussi serré que la loi religieuse l'exige. Les manifestations de colère et de chagrin pour honorer sa mémoire ont encore fait plus de cent trente morts et une nouvelle loi répressive a vu le jour – on devrait dire la nuit. Désormais, sortir cheveux au vent est puni de cinq ans d'emprisonnement minimum, pouvant aller jusqu'à dix ans. Par solidarité avec elles, tu refuses de porter ce voile, de même que tu refuses la domination masculine.

– Jamais je ne laisserai un homme me dire ce que je dois faire ! m'avais-tu déclaré avec passion.

Je me suis sentie un peu insignifiante en écoutant ton récit, en même temps qu'infiniment reconnaissante que tu apprécies ma compagnie dont on m'avait jusque-là plutôt habituée à penser qu'elle était sans intérêt.

On a commencé à passer du temps ensemble et, de confidences en confidences, un jour tu m'as parlé du shifting, cette façon d'être libre, même entre quatre murs, qui ne pouvait que te séduire.

– C'est mille fois mieux que regarder un film ou lire un roman ! Cent mille fois mieux ! C'est un genre d'hypnose, tu vois ?

– Heu… vaguement.

– La méthode n'a pas beaucoup d'importance, ce qui compte, c'est d'avoir super envie de te rendre là où tu veux aller. Tu t'allonges à plat sur ton lit, tu fais l'étoile de mer et tu comptes jusqu'à cent, lentement, en te représentant des images. Tu peux imaginer que tu es adossée à un arbre, et tu attends qu'une bestiole passe, et tu la suis, style lapin d'Alice. Tu peux penser aussi que tu es assise en tailleur face à la mer… et tu comptes, et voilà. Il faut toujours compter, jusqu'à cent. Arrivé à cent, si t'es pas partie, tu recommences à un, encore et encore…

J'ai essayé. Je n'ai pas réussi. Pas tout de suite.

J'ai essayé l'arbre, la mer. J'ai essayé le soir avant de m'endormir mais je m'endormais, j'ai essayé l'après-midi quand je n'avais pas cours.

Comme tu m'avais dit que les shifteurs voyagent souvent dans leurs jeux vidéo préférés et que je ne fréquente pas les jeux vidéo, j'ai essayé de penser au *Seigneur des anneaux*. Le flop.

J'ai essayé avec *La casa de papel*. Pareil.

J'ai beau cocher les cases *sensible* et *angoissé*, spécimens d'humains qui ont, paraît-il, plus de facilité à se laisser emporter, je restais désespérément scotchée au réel, terrifiée à l'idée de perdre pied, je suppose. Je m'appliquais pourtant. J'avais regardé trois fois la première saison de *La casa de papel* pour me souvenir des détails, puisque plus on visualise de détails, plus on augmente ses chances d'y arriver.

Au bout de trois semaines, je me sentais pire que nulle : désespérée.

Comme je ne m'en sortais pas avec la fiction, j'ai tenté le coup avec un vrai souvenir : des vacances à Forcalquier avec ma grand-mère. J'y avais passé de vrais bons moments quand j'étais petite.

J'ai pensé à la terrasse de café sous les platanes, au pastis dans le verre de Mamine, au diabolo orgeat pétillant dans le mien, aux cris des martinets, au chuintement de la fontaine, au froufrou des feuilles agitées par la brise… et bim ! je me suis retrouvée sous un platane !

Et le shifting s'est mis à faire chatoyer mon existence.

Je ne me souviens pas d'avoir connu quelque chose d'aussi fort.

D'autant que mon quotidien d'avant le shifting... bah, tu le connais un peu, c'était plutôt calme.

Mes parents sont bizarres, pires que moi, je veux dire, sauf qu'eux font partie d'une communauté de gens qui leur ressemblent et les font se sentir moins bizarres. Un spécialiste de Balzac, l'autre de Rousseau, les deux sont profs de lettres à la Sorbonne. Des gens sérieux. Qui vont laisser des traces : des livres longs et ennuyeux pour garnir les bibliothèques universitaires.

Avec une telle ascendance, j'étais vouée à devenir une caricature de *première de la classe*. Mes géniteurs n'ont jamais eu de temps à consacrer à des futilités du style éduquer la fille qu'ils ont eue par inadvertance. Les mouflets, c'est pas leur truc. Les rares moments où ils se penchent – avec une bonne volonté théorique – sur mon existence, c'est pour m'interdire les jeux vidéo ou les réseaux sociaux, sous prétexte que ça rend stupide. Ils sont tellement réacs sur la question qu'ils ont bridé mon ordi – en réalité, ils l'ont fait brider par une de leurs thésardes vu qu'eux sont de purs blaireaux en informatique.

Tu connais des mineurs de plus de huit ans qui se coltinent le truc écolo-centré qu'ils m'ont offert en guise de portable ? Le seul avantage que je peux lui reconnaître, c'est qu'il tient la charge quasi une semaine. Logique quand on n'a ni Insta, ni TikTok, ni WhatsApp, ni la moindre appli photo digne de ce nom.

L'année de mes sept ans, quand ils m'ont jugée apte à *avoir une conversation intelligente*, ils ont congédié les baby-sitters prélevées dans leur cheptel d'étudiantes qui se relayaient pour veiller sur moi en guise de fées sur mon berceau.

Sept ans. L'âge de raison, il paraît.

Celui d'écouter les ragots et magouilles universitaires se mêler à la vie de Balzac et de Rousseau. Loin, très loin de ce qui constitue l'univers mental normal d'une petite fille, puis d'une adolescente.

Le bon côté que pas mal m'envieraient s'ils voyaient comment ça se passe chez moi, c'est qu'en dehors des jeux vidéo et des réseaux sociaux, je fais ce que je veux, je mange quand j'en ai envie et je regarde les films qui m'intéressent. Il y a trois ans, j'ai même réussi à convaincre mes parents de s'abonner à Netflix. La norme a fait son entrée à tout petits pas feutrés.

Je lis inversement peu à la quantité de livres qui tapissent les murs, émergent en collines vacillantes dans le salon, servent de déco dans la chambre d'amis et rétrécissent le couloir. Le plus souvent écrits en anglais, la langue des chercheurs, la plupart flinguent les forêts pour pas grand-chose, si tu veux mon avis, et il est vain d'espérer pour eux une deuxième vie dans les boîtes à livres.

Je suis overdosée avant d'avoir consommé et la vie est trop courte pour que je puisse les lire tous.

– Je frôle la crise d'angoisse quand un rayon de bibliothèque me nargue, t'avais-je dit.

Tu t'en souviens ?

Jamais je n'aurais deviné que shifter m'obligerait à tant lire ! Je suis devenue du jour au lendemain une vraie petite rate d'Internet.

Shifter m'épouvantait et m'excitait à proportions égales. L'excitation était facile à comprendre tant j'avais désiré réussir. Quant à l'épouvante… j'avoue, j'avais peur aussi. De rester coincée dans cette autre dimension. Peur d'un choc temporel quand je regagnais le vingt-et-unième siècle. Je ne savais pas exactement ce que j'entendais par choc temporel, mais oui, j'en avais peur.

Les témoignages de shifteurs n'étaient pas rassurants : des vieux qui shiftaient depuis dix ans, vingt ans, recommandaient aux débutants de prendre garde à ne pas perdre les pédales. Comment pouvait-on perdre les pédales, puisqu'il n'y avait rien de chimique ? On pouvait arrêter quand on voulait, non ?

Après tout, c'était juste une façon de voyager et de rencontrer des gens différents. Et puisque toi, mon héroïne qui avait échappé à tant de dangers, tu le pratiquais, c'était une bonne raison de ne pas avoir peur.

Dans le feu de mon enthousiasme, j'ai commencé un cahier pour noter les résultats de mes recherches sur l'époque, les lieux, les protagonistes que je croisais en shiftant, et je m'y suis tenue. Presque aussi sérieusement qu'une universitaire.

*

Tu peux choisir de zapper les passages en italique, ça ne t'empêchera pas de suivre l'action.

Mais si tu as la patience de les parcourir, tu y découvriras peut-être des choses que tu ignorais.

Le safran est une couleur que seuls les riches pouvaient s'offrir. Des milliers de fleurs étaient nécessaires à l'extraction de quelques gouttes de teinture jaune.

Le rouge cochenille est pire. La cochenille est un insecte minuscule que l'on noyait dans l'eau bouillante avant de le faire sécher pour le réduire en poudre. Il en faut environ deux mille – seules les femelles teintent – pour obtenir onze grammes de teinture.

Il paraît qu'aujourd'hui on utilise la cochenille dans le chorizo et les fraises Tagada. Je ne sais pas si c'est vrai, ce serait une hérésie commerciale.

JOUR TROIS, soir.

Je ferme les yeux, je respire lentement, je relâche mes muscles, je deviens une algue.

Une algue qui compte…

4, 5, 6, 7… 30, 31, 32, 33…

Je suis un peu fière de constater à quel point j'ai progressé depuis la déconfiture de mes débuts. J'arrive maintenant beaucoup plus vite à destination.

Si je progressais en rapidité, néanmoins je me retrouvais toujours au même endroit, au même moment : sur la place aux platanes. Gianni ramassait le mouchoir de la petite Clara, elle lui souriait bêtement, et voilà. Pas moyen de faire bouger le scénario, à peine de quoi faire un court métrage.

Il était pourtant hors de question que je lâche l'affaire avant de savoir au minimum où j'avais atterri et qui était ce

Gianni aux yeux pâles qui me mettait le cœur en pagaille. C'était peut-être un coup de foudre, un crush, *love at first sight*, ou ce qu'on veut d'autre.

Je découvrais.

Je découvre.

Et puisque je n'arrive pas à changer de lieu, plutôt que de rester muette comme je l'ai fait jusque-là par peur de rompre le charme, je tente le coup. Je parle.

– On est où ?

– Comment ça ?

– Où ? Dans quelle ville ?

Gianni éclate d'un rire cristallin qui le rend encore plus craquant, mille fois au moins.

Et qui fait surgir la foutue gouvernante.

– Clara ! Je m'égosille, tu es sourde ?!

– C'est ma faute, dit Gianni redevenu sérieux pour s'adresser à elle.

Elle grommelle, gratifie mon interlocuteur d'un sourire crispé et me prend par la main, comme si j'étais une petite fille – normal, je suis une petite fille. Sauf que devant l'homme qui me plaît, c'est carrément la honte.

Pour éviter d'être éjectée, je décide pourtant de suivre la matrone.

C'est peut-être pour ça que je n'arrivais pas à progresser dans le scénario : je ne pouvais pas me résoudre à quitter l'acteur principal des yeux.

– Tu ne devrais pas parler à ce garçon, me dit la gouvernante après qu'on s'est un peu éloignées. C'est à cause de lui et de ses semblables qu'il a fallu nous exiler plus d'un an à Perugia.

Perugia ? Un indice !

Encore deux ou trois et j'arriverai peut-être à deviner où je suis…

Étrange qu'elle parle d'exil. Drôles de réfugiés avec des gouvernantes pour leurs enfants et une maison… Immense, la maison ! Flambant neuve en plus – le neuf de l'époque bien sûr, avec colombages, torchis, parchemins huilés en guise de vitres au rez-de-chaussée et vitraux à l'étage. Elle ressemble à une de ces maisons normandes comme on en voit encore en Normandie, en Alsace, et ailleurs.

À l'intérieur, des coffres en chêne, des rideaux de velours épais et très lourds pour calfeutrer les portes, une grande tapisserie représentant des bateaux aux voiles barrées d'une croix, et des crucifix un peu partout, comme pour effrayer les vampires.

Curieuse de voir à quoi ressemble cette petite fille à la peau si blanche dans laquelle je shifte, je m'échappe en quête d'un miroir.

Je crapahute d'une chambre à l'autre avant de finir par en dénicher un, parmi des pots remplis de crèmes, des flacons d'étain, un chapelet. De la taille d'une assiette plate, il me révèle une Clara blonde tirant vers le roux, les yeux plutôt verts, et la peau si blanche que des veines bleutées affleurent à ses tempes. Elle porte une vraie robe de princesse, en velours vert avec des bouts de manches rouges qui dépassent, juste insensée pour moi qui ne porte jamais autre chose que des jeans, tee-shirt et baskets.

Clara ne paraît pas avoir plus de dix ans. Il va falloir que je trouve un autre corps dans lequel shifter si je veux avoir des chances de passer plus de trois minutes avec Gianni.

Tant qu'à être enfin ailleurs que sur la place aux platanes, je fais un état des lieux qui pourrait être utile à mes futures escapades. Les gens qui habitent ici sont riches. Ils ont plusieurs servantes, même si beaucoup moins que dans *Downton Abbey*... Le personnel de maison est aussi moins à cheval sur les principes. Personne par exemple, ne s'étonne de me voir déambuler partout pour aboutir finalement dans la cuisine où on s'affaire parmi des odeurs enchanteresses.

J'en profite pour picorer un morceau de cédrat confit... divin.

Je sens le goût de ce que je mange ?!

Je ne crois pas t'avoir jamais entendue dire qu'on pouvait percevoir les odeurs et les goûts en shiftant.

Mais peut-être n'as-tu jamais essayé ?

Je me demande si le cédrat va dans mon estomac ou dans celui de la petite Clara. J'en reprends, médusée.

Je m'approche de la plus jeune des servantes qui est en train de plumer une volaille et je lui pose la question que j'ai posée un peu plus tôt à Gianni :

– On est où, dans quelle ville ?

Elle aussi paraît trouver ça très drôle, même si elle n'éclate pas de rire.

Je tente ma chance auprès d'une autre qui lave un plat au bout de la pièce et qui ne me répond pas non plus.

Non seulement, elles ne répondent pas, mais les voilà qui se regardent en gloussant. Ce n'est pas très agréable quand on s'amuse à vos dépens. La plus âgée, que les autres appellent Julia, ne rit pas du tout.

– Clara, viens manger pendant que c'est encore tiède au lieu d'embêter tout le monde !

Je saisis cette occasion de poursuivre mes investigations culinaires en m'asseyant devant une table à tréteaux où se trouve déjà une petite fille : Catarina. Elle a dans les cinq-six ans. Sa poupée est assise près d'elle sur le banc. En chiffon avec un visage en bois sculpté, les joues peintes en rouge pâle, elle porte une robe de soie bleue comme sa *maman*. Tandis que Catarina babille avec sa *fille*, je goûte le truc délicieusement insolite qui se trouve devant moi. Ça a un goût d'ail cuit en purée, posé sur de la viande blanche, on dirait du poulet, un délice.

Je me délecte et j'écoute les conversations des servantes qui, tout en récurant, lavant, épluchant, parlent des Germains dont elles sont contentes d'être débarrassées.

Elles évoquent aussi le nouveau pape, pas si *innocent* qu'il en a l'air.

Julia, aussitôt, les sermonne :

– On ne dit pas de mal du pape !

Valentina, une des servantes, dit qu'elle se plaisait mieux à Perugia. Et si ses compagnes, qui ont de la famille ici, sont contentes d'être rentrées, toutes s'accordent pour dire que l'ancienne maison était plus belle.

Je ne comprends pas grand-chose jusqu'au moment où leur conversation se porte sur le *fils du drapier* qu'elles nomment tantôt Giovanni, tantôt Francesco.

– Son vrai nom, c'est Giovanni, rectifie Julia, sévère. J'étais à son baptême.

– Il a drôlement vieilli en prison, dit une des plus jeunes, ignorant sa remarque.

– Il paraît qu'il a attrapé une sale maladie…

Ce fils du drapier dont elles parlent, c'est mon Gianni ? Il est allé en prison ?

– Moi, je ne suis pas d'accord, il n'a que vingt ans et il est toujours aussi beau. Et il chante si bien…

Le ton rêveur et gourmand qui termine sa phrase me donne la certitude que c'est de lui qu'elles parlent. Je ne suis pas la seule à le trouver craquant.

– Clara, je te parle ! hurle soudain Catarina en claquant son gobelet sur la table.

Je sursaute. Ça m'éjecte.

Je m'échoue dans ma dérisoire petite chambre parisienne, loin de la cuisine aux mille saveurs.

Et crois-le si tu veux, Masha, ce n'est pas très élégant mais je pense que tu garderas le secret : j'ai roté, saveur ail.

Il faisait nuit, mes parents dormaient. J'ai profité de leur sommeil pour ratisser la toile.

Perugia, Pérouse en français, se trouve en Ombrie. Les servantes s'appellent Julia, Bianca, Valentina, moi Clara, la petite fille à la poupée, Catarina, le garçon aux yeux clairs, Giovanni, ou Francesco. Tout corroborait la piste italienne. Ce qui sous-entendait, comme je l'avais pressenti, que je parlais et comprenais l'italien !

Sauf que, comme tu le sais, j'ai fait anglais première langue et espagnol en seconde, et dès que je réintègre le vingt-et-unième siècle, je perds mon aptitude à le parler et je me souviens... en français.

Après consultation de plusieurs sites calés en histoire médiévale italienne, j'ai compris que ce n'était pas aussi simple.

*

On ne va pas s'étendre sur le fait que l'Italie n'existait pas, ce n'est pas le sujet. La France, telle qu'on la connaît, n'existait pas non plus. Elles étaient, on va dire, embryonnaires.

On a longtemps parlé majoritairement l'ombrien en Ombrie. « Majoritairement » parce qu'à l'intérieur même de l'Ombrie, il existait plusieurs dialectes. À Rome, on parlait une autre langue, en Toscane une autre, et cætera.

En France, c'était pareil, voire pire, même si on les a toutes regroupées sous les appellations de langue d'oc et de langue d'oïl, il existait des tas de variantes en fonction de la géographie.

Aranais, auvergnat, béarnais, gascon, gavot, limousin, occitan languedocien, occitan, provençal, nissart, vivarois pour l'oc.

Orléanais, bourguignon, morvandiau, champenois, lorrain, picard, wallon, normand, gallo, angevin, tourangeau, sarthois, mayennais, percheron, franc-comtois, poitevin, saintongeais, berrichon, bourbonnais, pour l'oïl.

De gros résidus celtiques se mêlaient encore à la langue d'oïl qui a fini par s'imposer.

Les gens trouvaient pourtant le moyen d'échanger quand c'était nécessaire.

*

L'architecture et les costumes que j'avais vus en shiftant étaient typiques du Moyen Âge, mais le Moyen Âge dure dix siècles. Étant donné que j'avais aperçu une église romande, le onzième ou le douzième siècle étaient des hypothèses plus précises. La quasi-absence de miroir, même biseauté, plaidait en leur faveur, puisque les miroirs n'ont été inventés qu'au quinzième siècle en mélangeant du mercure et de l'étain. Avant, ils étaient rares, le plus souvent en métal poli et de petite taille.

Voilà pourquoi je n'en avais trouvé qu'un, même dans une maison seigneuriale. Si j'étais dans un film, l'équipe devait disposer d'un décorateur scrupuleux et les traqueurs d'anachronismes ont dû être frustrés. Mais je n'étais peut-être pas dans un film...

Je n'étais certainement pas dans un film.

J'étais de plus en plus persuadée que je shiftais dans le passé, le vrai, l'historique. Une possibilité que je n'avais pas évoquée avec toi.

J'ai googlé pêle-mêle les mots : *Perugia, Clara, Giovanni, Germains*... et les pages ont défilé. Des tas de références inutiles sont apparues, alors ça m'a pris du temps. J'ai vu des photos de Pérouse, ça ressemble un peu à Forcalquier. J'ai ajouté douzième, puis treizième siècle pour cibler plus pointu, et un site intitulé *L'Ombrie, d'Assise à Pérouse* a jailli. En le parcourant, j'ai atterri sur *L'essor du mouvement franciscain*...

Pas emballée du tout, comme tu peux l'imaginer, j'ai re-googlé *Pérouse*, on m'a balancé *Ombrie*, et *François d'Assise, né en 1181 ou 1182.*

J'ai googlé *François d'Assise*, j'ai lu *baptisé Giovanni par sa mère* en l'absence du père qui était en voyage d'affaires. La mère, Pica Bernardone, avait choisi pour son fils le prénom de son évangéliste préféré, le plus mystérieux, Yohanan-Jean – Giovanni en italien. Son nom à elle étant Giovanna, et Pica le surnom qu'on lui avait donné parce qu'elle était d'origine picarde. Ce n'est pas avéré, d'autres sources lui donnent des ascendants nobles provençaux. Si ça se trouve, son mari, qui adorait la France où il se rendait souvent pour affaires, l'avait ramenée d'un de ses voyages.

Pica était veuve, elle avait déjà des enfants d'une première union, je ne sais pas combien. Le couple Bernardone en a sept en tout, dont Angelo qui travaillera à la boutique et deviendra de plus en plus jaloux de ne pas être le fils préféré de son père.

Ledit père, Pietro Bernardone, a piqué une colère quand, tout juste rentré de voyage, il a appris que son fils avait été inscrit sous le nom de Giovanni sur les registres assisiens.

– Giovanni ? C'est d'un commun ! Pourquoi pas Giuseppe tant que tu y étais ?

Bon, ça, je l'ai inventé. Moi j'aime beaucoup Giuseppe. En italien du moins, en français, bah…

Ce qui est historique, même s'il ne l'a pas formulé comme ça, c'est que le drapier a rebaptisé son fils. Pas à l'église, c'était trop tard, mais à tous ses voisins et ses clients, il disait :

– C'est Francesco, c'est mon fils !

*

Personne ne s'appelait Francesco à cette époque parce que ce n'était pas un prénom. Plutôt un adjectif, éventuellement un surnom. Francesco, signifiait « Français » en italien. Prénommer un enfant Francesco, c'est un peu comme si en France, on l'appelait : Italien, ou Allemand, ou Anglais.

Francesco a pourtant fini par se répandre en tant que prénom. Y compris en France où on croise aujourd'hui beaucoup de François français. Un peu redondant, mais bon. Pietro Bernardone a sans doute pensé que ça donnerait un côté stylé à son fils préféré.

*

Pourquoi diable m'étais-je retrouvée à shifter là-bas ?!

Et pourquoi François d'Assise quand les autres shifteurs s'éclataient dans leurs jeux vidéo préférés, dans *Le Seigneur des anneaux*, dans Poudlard, ou n'importe quoi de racontable ? Entre shifteurs, je veux dire.

Un saint, en plus, quand mes parents, communistes, donc athées purs et durs, m'avaient biberonnée à l'absurdité camusienne ? Enfin, pas eux, les thésardes qui me baby-sittaient.

Si je m'appelle Clara, ça n'a rien à voir avec la future fondatrice de l'ordre des Clarisses. C'est un hommage à

Clara Zetkin, féministe et compagne d'un révolutionnaire russe en exil.

Autant dire que si mes intellos de parents avaient appris que la nuit je me baladais en robe longue dans l'Italie du douzième siècle sur les basques d'un futur saint, ils m'auraient fait interner illico. Et je suis bien obligée de convenir que tomber amoureuse d'un saint, c'était un comble dans une famille féministe marxiste.

*

Clara Offreducio, passée à la postérité sous le nom de santa Chiara, est née le 20 février 1193 selon un codex germanique du quatorzième siècle. Le 18 juillet selon le frère mineur Mariano da Firenze. Le 16 juillet 1194 selon l'Église catholique.

Poisson ou Cancer, ça change tout quand même ! Je penche pour le 20 février, du coup. D'autant que les Allemands sont des gens rigoureux.

En 1214, elle devient abbesse du premier couvent des Pauvres Dames, et plus tard, elle rédigera elle-même sa règle, plus radicale encore que celle des moines franciscains. Les Clarisses vont pieds nus, jamais loin puisqu'elles sont la plupart du temps cloîtrées, contemplatives et végétariennes.

La mère de Clara, noble et très pieuse, a pèleriné jusqu'à Rome, Saint-Jacques-de-Compostelle et même la Terre sainte. Sa fille a donc baigné dans une atmosphère religieuse dès l'enfance. Fichu destin.

On s'est complu à tort à voir en Clara et Francesco les Roméo et Juliette de la sainteté.

*

À tort ? Et si c'était justement parce que Clara Offreducio était amoureuse de Gianni qu'il me plaît tant quand je shifte en elle ? Elle a environ douze ans de moins que lui. Il y a des chances pour qu'elle ait été impressionnée par ses frasques, son charme, ses chansons, sa cour d'admirateurs et d'admiratrices.

À quel point ? Il ne vaut mieux pas compter sur les historiens catholiques pour nous tuyauter là-dessus.

S'ils ont un peu moins censuré la vie de François d'Assise, c'est sans doute pour rendre sa *conversion* plus admirable.

Parce que figure-toi, Masha, que la vie de ce type avant la découverte de sa *mission*, quand il n'était encore qu'un gosse de riches avide de sensations, est juste médusante : Gianni boit, Gianni fait l'amour, Gianni chante, Gianni fait la guerre, Gianni veut devenir célèbre, le tout avec la bénédiction de son père qui pense que c'est bon pour attirer la clientèle ! Fichus loisirs pour un saint, non ? Si la coke avait existé, ou la beuh, ou l'ecstasy, je suis sûre qu'il aurait tenté le coup !

J'ai passé mon samedi et une partie de mon dimanche à fureter sur Internet et à dévorer les pages pour en arriver à la conclusion que l'anarchiste le plus radical fait figure d'innocente brebis comparé à ce Giovanni-Francesco.

Non, *je ne devrais pas parler à ce garçon*, comme a dit la gouvernante.

J'aurais surtout dû éviter de tomber amoureuse de ce garçon. Parce que tomber amoureuse d'un mort depuis longtemps, ça vous a un petit quelque chose de tourmentant, non ? Même s'il y a des précédents romanesques.

La question c'est : comment se retenir d'aimer un être aussi irrésistible ?

Imagine... David Bowie jeune, quand il avait une coupe au bol avec frange et regard mutin. Peu de gens le connaissent avec cette tête-là, jette un coup d'œil sur Internet, tu vas comprendre.

J'adore Bowie.

Grâce ou à cause de ma prof de musique de quatrième et au congé maternité qu'elle a pris en deuxième partie d'année scolaire. Du coup, on a eu un remplaçant... mémorable. Habité. Tignasse à la Beethoven et costumes noirs chiffonnés, il nourrissait une passion pour Bowie, *un artiste complet !* s'enflammait-il en nous décortiquant sa musique.

– Par exemple *Life on Mars?*, disait-il. À la fin du refrain, il y a une phase chromatique descendante en *fa* majeur juste avant une envolée du *fa* au *si* bémol…

On ne comprenait rien, alors il nous l'a jouée au piano et l'envolée en *fa* nous a tout de suite paru plus limpide. Si limpide qu'elle m'a prise à la gorge et embarquée littéralement Dieu sait où.

Rentrée chez moi, j'avais regardé une vidéo sur YouTube, et j'avais tout compris. Pas les envolées chromatiques : la passion. Ce Bowie était juste ensorcelant. Il donnait envie de se laisser pousser les cheveux en roux et d'avoir des chats.

Je ne sais pas pourquoi je dis ça, je ne pense pas que Bowie avait des chats, mais ce qui est sûr, c'est qu'il rendait fou. Folle.

– C'est un *mauvais garçon*, disait-on de Gianni aux petites filles, et aux grandes aussi.

Une manière de dire qu'il n'était pas fréquentable, la suite des évènements le prouve. Mais les mauvais garçons n'ont-ils pas, de tout temps, exercé un attrait particulier sur les filles ? Parce qu'ils ne font pas ce qu'on attend des garçons *convenables* justement et parce qu'ils naviguent dans les marges, ce qui les rend intéressants et, parfois aussi, dangereux.

C'était la première fois que je rencontrais quelqu'un d'aussi intéressant, à part toi, bien sûr.

Il faut que tu me croies, Masha, quand je dis que je mourais d'envie de t'en parler.

Si je ne l'ai pas fait, c'est parce que je me sentais comme une gamine qui a peur que les adultes lui confisquent son nouveau jouet en découvrant qu'elle risque de se blesser en jouant avec.

Je sais que ça ne te serait pas venu à l'idée. Mais je redoutais sans doute davantage encore une phrase de prudence qui m'aurait fait basculer du côté de la peur.

J'avais besoin d'en savoir plus, je voulais le revoir avant de le partager.

Je savais donc désormais où je shiftais et qui je rencontrais en le faisant. Je trouvais ça ahurissant et je me perdais en conjectures sur ce qui avait bien pu me propulser là-bas plutôt qu'ailleurs, dans le sillage d'un garçon si éloigné de ce qui peuplait ma vie jusqu'à présent que c'en était désarmant.

Ma seule ressemblance avec cette Clara Offreducio, en dehors d'un supposé attrait pour Gianni – jamais avéré, même si pas exclu –, était mon prénom. Je serais étonnée que ça ait pu suffire.

À moins que l'église qui se trouve près de chez moi n'y soit pour quelque chose ?

La rue des Mignottes où je vis avec mes parents n'est qu'à cinquante pas de l'église Saint-François-d'Assise. Coïncidence. Un peu étonnante, j'en conviens. Mais si je passe devant tous les jours, je n'y avais encore jamais mis un pied.

Je n'allais quand même pas me laisser squatter par un tas de briques !

Par la puissance de son nom.

Par la super-puissance du nom ?

Au commencement était le verbe, et le verbe était auprès de Dieu, et le verbe était Dieu, déclarait, il y a bien longtemps un autre Giovanni au début de son célèbre évangile – ce Yohanan chéri par Pica Bernardone qui avait donné son nom à son fils.

Plus justement que *le verbe* était *le logos*. Ce qui n'est pas tout à fait pareil puisque le *logos* implique l'idée d'une parole vivante. Que faut-il comprendre ? C'est quoi une parole vivante ?

À ce stade, j'étais déjà perdue. Consciente d'avoir accosté sur un rivage dangereux mais tellement plus chatoyant que ce siècle où je vivotais.

En dépit du peu d'attention qu'ils m'accordaient, mes parents se sont rendu compte que mon emploi du temps hors scolarité, tendait vers la sédentarité absolue. Une sorte de performance familiale, vu qu'eux n'ont jamais été de grands agités non plus – si on excepte les conférences et congrès qui les obligent à se déplacer de temps à autre et de-ci de-là.

– Il fait beau aujourd'hui, tu as remarqué ? m'a glissé ma mère le dimanche en milieu d'après-midi, constatant mes cernes et mes cheveux azimutés.

J'étais descendue picorer un reste de pâtes froides et du jus de tomate qui traînaient dans le frigo.

Mes parents m'ont inculqué par l'exemple que manger est une perte de temps. L'idée étant que, si l'estomac crie famine, on le remplit. Un peu comme on remet de l'essence dans une voiture.

La cuisine étant délicieusement déserte, je m'y étais attardée avec un bouquin sur la vie quotidienne au Moyen Âge, quand bim ! la spécialiste de Rousseau s'est pointée. Pour faire plaisir à son estomac, elle aussi.

Elle m'a demandé ce que je lisais.

– Un truc pour le lycée, je lui ai répondu en refermant prestement l'objet de sa curiosité.

– Ce n'est pas sain de passer le plus clair de ses jours plongé dans les livres, elle m'a dit en sortant un bocal de confiture du placard et du pain, tu vas t'abîmer les yeux.

Troublée qu'elle ait utilisé le mot *sain* que j'avais entendu *saint*, et médusée qu'elle s'intéresse à ma santé, j'ai opiné.

Et j'ai décidé d'aller faire un tour, histoire de remettre mes idées dans le droit chemin.

Dehors, un soleil printanier allumait le vert tendre des feuilles fraîches écloses. Des odeurs de poulet, de burger et de frites s'échappaient en petites vagues écœurantes de la brasserie qui fait l'angle. D'autres, de bière et de pizza, faisaient du vol d'oiseau depuis la guinguette *Rosa Bonheur* dans le parc des Buttes-Chaumont.

Le tour du pâté de maisons m'a conduite, pas tout à fait par hasard, devant l'église Saint-François-d'Assise, un long bâtiment de briques roses aux fenêtres arrondies garnies de vitraux. Rien de très ancien, pas le genre qui attire les touristes, et sans intérêt pour qui n'est pas chrétien.

J'étais curieuse de voir à quoi ressemblait l'intérieur mais une appréhension me retenait, celle de me faire refouler, du style *T'as rien à faire là, t'es pas des nôtres, dégage !*

Ce n'était pas une habitude chrétienne de ne pas accueillir, on peut leur concéder ça, et la porte entrouverte me poussait à tenter quelques pas sur le dallage noir et blanc.

Une fois à l'intérieur, mes craintes se sont évanouies : ce n'était qu'une église. Même pas impressionnante. J'ai hésité un peu avant de tremper la main dans le bénitier et de faire le signe rituel. J'ai vu dans les films qu'on doit se toucher le front et la poitrine, mais entre les deux, je ne me souvenais plus, ni dans quel ordre. Comme personne n'était en vue, à part Dieu peut-être, j'ai zappé.

Un Christ crucifié occupe le mur du fond, tandis que, fixée sur la première arcade, une peinture de François d'Assise bras en croix semble lui répondre, paraît même le dominer, à cause de la profondeur de champ. C'est le portrait d'un petit moine sans envergure, au regard triste et au sourire absent – comme sur les photos de carte d'identité où on nous impose d'être lugubre.

Ceux qui l'ont peint tardivement, ne l'ayant jamais vu, ont sans doute cru bon de lui inventer une physionomie funèbre. Leur imagination ne rendait pas justice au Giovanni que je fréquentais depuis peu.

Je ne prétends pas que shifter ait valeur d'authenticité, mais n'importe qui, ayant un peu réfléchi, conviendra qu'il n'est pas vraisemblable qu'un homme aussi laid et fadasse que le suggèrent ces soi-disant portraits ait pu convaincre les foules de s'intéresser à lui. On l'a représenté humble, ce qu'il n'était pas, ni avant sa carrière monastique, ni pendant, ni jamais. Pour séduire filles, garçons, nobles, sultan, pape, il fallait briller, il fallait charmer. Ça, il savait le faire, j'en atteste, pour ce que ça vaut.

Je m'apprêtais à quitter l'église quand un flot de notes s'est déversé au-dessus de ma tête, me retenant dans son sillage. J'avais quelquefois entendu depuis la rue la rumeur de l'instrument assourdie par l'épaisseur des murs, sans y prêter vraiment attention, et loin d'en deviner la puissance.

C'était autre chose d'être juste en dessous. On aurait dit que les tuyaux faisaient vibrer les pierres. Mon corps s'est mis à l'unisson.

Et c'est ce corps qui a gravi, sans me consulter, l'escalier qui mène au cœur de l'instrument. L'avalanche de notes empêchait l'organiste d'entendre les marches craquer.

Je me suis blottie dans l'ombre pour contempler, hypnotisée, ses mains courant, d'un clavier à l'autre, savantes, et ses pieds sautillant sur le pédalier. La toccata en *ré* me brûlait, j'étais en transe, je ne pensais plus.

Le musicien au profil aquilin cerné de boucles brunes a découvert ma présence au moment où il plaquait les dernières notes.

Je me suis carapatée, dévalant le colimaçon de bois au risque de m'écharper.

Rentrée à l'appartement, j'ai lancé une nouvelle recherche dans l'espoir de trouver d'autres représentations de Gianni qui lui rendraient mieux justice. Je n'en ai trouvé que de laides, toutes postérieures à son accaparement par l'Église, et toutes semblables à celle que je venais de voir : renfrognées. C'est un job sérieux, saint.

Ou peut-être ne savaient-ils pas peindre ?

*

La perspective n'a été découverte qu'au quinzième siècle, en Italie, comme par hasard, où un peintre nommé Brunelleschi l'a « inventée » en représentant dans un bas-relief... saint Georges terrassant le dragon !

Tout le monde aujourd'hui, à part les érudits, ceux qui ont étudié l'histoire de l'art et les hypermnésiques, a oublié son nom. Ça arrive.

*

Je continuais d'être sûre qu'ils s'étaient plantés en le peignant. Je lui avais parlé comme je t'ai parlé à toi, je ne vois pas pourquoi les peintres qui se sont collés à son portrait sans jamais l'avoir vu seraient plus crédibles que moi sur ce coup-là. Il ressemblait sûrement davantage au David Bowie vingtenaire qu'aux lugubres portraits qu'on a faits de lui.

En fin de journée, j'ai chargé une biographie pour pouvoir la relire dans l'ordre. Je sautais les pages qui ne m'intéressaient pas et celles qui pourraient m'en apprendre trop tout de suite. Je voulais découvrir certaines choses par moi-même, sans brûler les étapes. Je voulais comprendre pourquoi ce type hors du commun, cet obstiné exemplaire avait pris le chemin de la sainteté plutôt qu'un autre.

Mes parents ont semblé voir d'un bon œil ma soudaine passion estudiantine.

Enfin ! semblaient-ils se dire, elle prend le bon chemin, c'est-à-dire le nôtre.

Un des petits avantages d'avoir des parents universitaires, c'est qu'ils sont tellement polarisés qu'on les mythonne facilement. Ils imaginaient leur rejetonne de seize ans engloutie dans ses études, à mille lieues de penser que j'étais juste pressée d'aller retrouver le saint de mes rêves.

Le bon côté de mon aventure, c'est que je commençais à être plus savante qu'avant de shifter.

J'en savais assez pour repasser aux travaux pratiques. Je me sentais prête, impatiente, gourmande, et décidée à shifter chronologiquement dans la vie de Gianni.

Tu tomberas d'accord avec moi qu'une série, si on ne la regarde pas dans l'ordre, on s'attache moins aux personnages et on risque en plus de louper des subtilités.

C'est vrai que dans une série, on ne connaît pas la fin dès le début, alors que là, si. Impossible d'ignorer qu'à la fin il meurt, forcément. Mais tout le monde meurt à la fin. Moi aussi, je vais mourir à la fin.

Pour ce premier shift en connaissance de cause, j'ai décidé de commencer par le commencement, donc de remonter un peu le temps. Avant mon premier *atterrissage* involontaire sur la place aux platanes.

Avant que les Offreducio ne fuient à Pérouse avec d'autres nobles.

Juste avant.

C'est un soir où Gianni chante et charme, pas seulement grâce au fric de son père. Il est né comme ça. Il séduit par sa tenue, son regard, sa voix, sa façon de se mouvoir. Ce n'est pas Justin Bieber ni Ryan Gosling, mais il plaît. À presque tout le monde, en dehors des gouvernantes acariâtres, quoique… Je soupçonnais chez celle de Clara la rage de penser qu'elle n'avait aucune chance de l'émouvoir, jamais.

Je pense à lui, aux platanes, à l'aubergiste, j'imagine Gianni chantant, je compte…

1, 2, 3, 4… Si je shifte plus vite qu'à mes débuts, je ne maîtrise pas encore bien mon lieu d'atterrissage. Plus gênant, je ne sais pas tout de suite dans quel corps j'ai atterri.

Cette fois, je me retrouve engoncée dans une robe qui me serre la taille au point d'entraver ma respiration. En me palpant discrètement, je comprends que ce n'est pas la robe qui me comprime mais une large bandelette que la fille porte en dessous. Assise en face de Gianni, elle n'est – je ne suis –, en dépit du mal qu'elle s'est donné, hélas pas celle qu'il regarde.

Il est gai, un peu ivre. On est chez Paul, l'aubergiste d'origine française.

Celle que Gianni boit du regard s'appelle Elmira, celle que j'avais déjà remarquée. On dirait qu'il aime les filles qui rient trop fort, si belles qu'elles n'ont pas l'air vraies.

Elmira fait tout ce qui est en son pouvoir pour conserver son attention. Elle s'exclame et se penche à droite, à gauche, pour diffuser son parfum.

Gianni ne se détourne d'elle que pour repêcher une mouche en train de se noyer dans le pichet de vin. La chose étant faite, il se lève et s'en va chuchoter à l'oreille d'un des convives. Ils disparaissent tous les deux avant de revenir avec une guiterne, une des ancêtres de la guitare.

Un *Aaaah !* unanime les accueille et un léger brouhaha de prières fuse :

– Tu nous chantes *La Chanson de la bergère* ?

– Non ! Celle de *La Gente Fille* !

– *La Fleur souveraine* !

Et cætera.

Le musicien gratte quelques accords et la voix de Gianni, debout près de lui, s'élève, d'abord discrète, elle monte en puissance, se perche et escalade les sommets avant de replonger dans les graves, pour évoquer l'amour d'une dame intouchable aimée à la folie. Elle ne subjugue pas que moi.

Pour te donner une idée, ce qui se rapproche le plus de la sensualité qui s'en exhale, c'est David Bowie dans *Life on Mars?*... en plus médiéval.

Le récital embrase les esprits déjà chavirés par le vin. Les filles frétillent, les garçons aussi... plus discrètement.

Pas sûr qu'être gay soit très bien vu depuis que l'Église a décrété péché mortel ce que les Grecs et les Celtes pratiquaient autrefois sans état d'âme.

On l'ovationne, on en reveut. J'applaudis à m'en faire mal aux paumes dans l'espoir d'attirer son attention.

Gianni est habitué à être populaire, et pas seulement à cause de ses talents de chanteur. Il est séduisant, riche, aimé, il a tout de naissance sauf la noblesse. Et si sa renommée se cantonne pour l'instant à Assise qui est une petite ville, le monde ne perd rien pour attendre.

Il rempile pour deux chansons supplémentaires avant de se rasseoir et de finir d'une goulée le fond de son verre.

Je profite de l'avoir à portée de voix pour lui voler quelques mots avant qu'il ne reprenne ses conversations de regards avec Elmira.

– Où as-tu appris à chanter ?

Il a l'air surpris. Comme si c'était la première fois que je-cette fille lui adressais la parole.

Il me répond qu'enfant, il a entendu des troubadours français qui vont de ville en ville, ignorant les frontières – aujourd'hui, on appellerait ça une tournée ? –, et qu'il a pensé, *Voilà ce que je veux faire ! Mais en mieux.*

Évidemment, *en mieux*.

– Alors je m'y suis mis et j'ai découvert que j'avais un talent pour la composition.

C'est dit sans fausse humilité.

Il a dû lire un réel intérêt dans l'attention que je lui porte parce qu'il poursuit, comme si j'étais une journaliste ou… bah, une groupie, c'est bien ce que je suis, après tout.

– Une bohémienne a prédit à ma mère, quand je n'étais encore qu'un bambin joufflu, que je serai un jour *connu de par le monde*.

Je souris au bambin joufflu biberonné au projet de célébrité.

Il poursuit qu'il ignore encore quel chemin il doit prendre mais que la gloire est au bout, de ça, il ne doute pas. Il sait que chanter ne suffira sans doute pas. Il lui faut trouver autre chose pour toucher un public plus vaste.

Un projet commence à se former justement, mais chut…

– Demain, tu verras, me souffle-t-il.

Elmira, qui en a marre de me voir l'accaparer, s'applique à redevenir le centre de l'attention en portant un toast. Elle se lève et, me foudroyant du regard, clame :

– À notre troubadour préféré !

Tous lèvent leur verre et ma rock star rosit de plaisir.

Demain, tu verras…

Il faut que tu saches, Masha, qu'une des raisons pour lesquelles il y avait tant de monde chez Paul ce soir-là, c'est qu'il s'y fomentait à mots couverts une rébellion.

Contrairement aux apparences, ceux qui doivent en être ont bu moins que de coutume pour être frais et dispos dès l'aube. Leur projet est d'attaquer la forteresse de

Rocca Alta dont l'imposante silhouette, perchée sur un piton rocheux, dominait Assise.

*

Les Allemands, qu'on appelait Germains à l'époque, occupent Assise et plusieurs autres villes alentour depuis un quart de siècle et s'y comportent en colons. Rien de violent au quotidien, juste l'humiliation pour les occupés d'être considérés comme des citoyens de seconde zone. Les Assisiens ont pris leur mal en patience jusqu'au moment où ils décident que ça ne peut plus durer.

Gianni trépigne à l'idée de participer à la bataille. Tout gamin, sur les bancs de l'école de l'église San Giorgio, il rêvait déjà en contemplant le vitrail de saint Georges terrassant un dragon qu'un jour, il se couvrirait de gloire lui aussi. Il a dix-huit ans quand l'occasion se présente.

S'il est catholique, comme tout le monde en Occident, il n'est pas humble. On n'a pas envie d'être humble à dix-huit ans, a fortiori *quand on s'appelle Giovanni Bernardone et qu'on est encore loin, très loin, de l'idée de sainteté. À l'opposé presque, puisque c'est à un déferlement de violence guerrière que lui et ses compagnons vont participer.*

Peux-tu imaginer, Masha, qu'après une soirée à boire, danser, et après avoir dormi quelques heures, on s'en aille tous tuer ou se faire tuer, avec préméditation, à quelques centaines de mètres de l'endroit où on faisait la fête un peu plus tôt ?

La guerre n'est pas une activité courante chez les filles, mais remplace les filles par des garçons de terminale qu'on connaît – Gianni est à peine plus vieux –, tu vois un peu à quoi ça a pu ressembler ?

Il fallait que j'y aille.

Je voulais comprendre ce qui les animait et savoir comment Gianni s'est comporté et s'il y a pris du plaisir ou non.

Comme je ne pouvais pas shifter en Clara, trop jeune en plus d'être une fille, je devais trouver une autre *hôtesse d'accueil*, ou un hôte. J'ai d'abord vainement tenté de shifter dans un des compagnons de Gianni. Puis je me suis concentrée sur une forteresse – escalier en pierre, tour ronde, murs massifs –, j'ai pensé à un homme jeune, vêtu comme on l'était au début du douzième siècle, une hache à la main, ou une fourche, un couteau, n'importe quoi pouvant être brandi par quelqu'un prêt à se battre. Je n'ai obtenu que des bribes d'immersion brouillonnes, sans certitude de me trouver au bon endroit, à la bonne époque, et plus que jamais inquiète de me retrouver prisonnière d'un truc inanimé du style matériau de construction ou lame d'épée...

J'en étais à me prendre des murs quand l'idée m'est venue de m'immiscer dans une des seules créatures en mesure d'assister à la scène sans y laisser sa peau ou... ses plumes.

Je ne sais pas si tu t'en souviens, je t'avais posé la question un jour.

– Un vrai animal, tu veux dire ? Non, je n'ai jamais essayé. Je serais toi, j'éviterais, ça pourrait être dangereux, m'avais-tu répondu.

– Tu crois qu'on peut être blessé en shiftant ? Tu crois qu'on peut mourir ?

– Non... je ne crois pas... En fait, je n'en sais rien. Il vaut peut-être mieux ne pas prendre le risque. L'avantage de shifter dans un jeu vidéo ou un film, c'est que tout est pour de faux, tu vois ?

– Oui, je vois, t'avais-je affirmé, en partie pour te rassurer.

J'étais touchée, je n'avais pas l'habitude qu'on s'inquiète pour moi. Ça m'avait étonnée en revanche qu'en plusieurs années de pratique, il ne te soit jamais venu à l'idée d'emprunter le corps d'une bestiole.

Munie de tes réponses pas vraiment rassurantes, j'ai décidé de tenter le coup quand même. Si ça marchait, ça me serait utile pour d'autres moments de la vie de Gianni où je ne pourrais pas emprunter un corps humain.

Je faisais des projets d'avenir, tu vois ?

Le peu de prudence qui présidait encore à mes expéditions m'a quand même poussée à m'exercer d'abord sur un oiseau contemporain. Un merle qui se lissait les plumes, perché sur un des marronniers de ma rue, loin de se douter de ce qui l'attendait, m'a servi de cobaye. Bim ! Du premier coup !

Le pauvre était si surpris qu'il s'est envolé – je me suis envolée !

Ah là là ! C'était génial, Masha ! Je te jure, c'était... il faut absolument que tu essayes ! Rien qu'une fois...

Sentir l'air s'engouffrer dans ses plumes, planer et, d'un battement d'ailes soudain, virer, piquer, découvrir mon quartier d'en haut, bien plus haut que les toits, c'était juste magique !

Mon petit merle, en revanche, s'est mis à paniquer, son cœur battait trop vite, il a failli se-me cogner contre une vitre. J'ai eu pitié de lui-nous, je me suis éjectée.

Maintenant que je savais la chose possible, plus rien ne me retenait de recommencer dans un oiseau du douzième siècle, plus résistant qu'un merle, capable de survoler une sanglante bataille sans paniquer et même… y prendre plaisir.

Une corneille, par exemple ?

Je ne pouvais pas tomber mieux, en Irlande, Bodh la corneille est un des noms de la déesse de la guerre.

*

La corneille – oui, on dit UNE *corneille même quand c'est un garçon –, plus adaptée à la vie citadine que le corbeau freux, mesure une cinquantaine de centimètres de long et pèse entre trois cent cinquante et six cents grammes pour une envergure pouvant aller jusqu'à un mètre !*

Elle construit son nid avec toutes sortes de matériaux. Depuis qu'elle habite en ville, fils électriques, cintres en fer, ou même – humour corvidé – pics anti-oiseaux participent à son architecture qu'elle recouvre de mousse, de papier, de laine, de poils de chats, de plumes, de cheveux, tout ce qu'elle peut trouver pour le rendre douillet.

Une fois sa villégiature édifiée et après avoir rencontré la corneille de sa vie – elle est monogame –, elle pond une demi-douzaine d'œufs bleu-vert tachetés dont un ou deux seulement vont éclore sans avoir été boulottés par des prédateurs. Les cornillons, nés aveugles et sourds, quitteront le nid un mois plus tard, le temps de s'emplumer, et resteront un moment dans les parages, le groupe faisant la force, et les autres corvidés – pies, corbeaux, geais, choucas – n'étant pas forcément tendres avec eux.

Sur le plan culinaire, la corneille mange d'à peu près tout, y compris du cadavre plus ou moins faisandé. Comme les humains, en somme. En plus, elle parle. Son vocabulaire compte environ mille mots que non seulement l'humain ne comprend pas mais qui varient d'un pays à l'autre : une corneille française ne comprend pas forcément ce que raconte une corneille anglaise ou danoise.

Sa mémoire d'éléphant et sa capacité à concevoir des outils pour se nourrir ou pour s'amuser achèvent de faire d'elle un des oiseaux les plus intelligents de la planète, qui peut vivre plus de cinquante ans et, si on lui fiche la paix, est même capable d'aller jusqu'à soixante-dix.

1, 2, 3… 15, 16, 17… swish !

Les infructueuses tentatives de mes débuts m'ont appris à discerner avec certitude le moment où j'ai trouvé le *véhicule* adéquat, quel que soit le vivant dans lequel provisoirement je squatte. Je sais que j'y suis arrivée parce que mes sens aussitôt se déploient.

Il fait sombre encore mais le brouillard rose de l'aube poudre l'horizon silencieux.

Les Assisiens avancent dans l'ombre et se massent au pied des murailles, les sabots de leurs chevaux emmaillotés de chiffons.

Je suis perchée sur une tourelle dans une corneille que je viens de réveiller. L'œil sombre et vif, le plumage noir aux reflets bleus et violets, le bec acéré, une splendeur… Il est tôt pour une corneille, sa vision n'est pas adaptée à l'obscurité. Mais le soleil progresse presque à la même vitesse que les assaillants et une torpeur tragique s'installe. La brume floute encore un peu les contours quand une clameur s'élève. C'est le signal.

La porte de la forteresse est défoncée à coups de bélier.

À travers les meurtrières, j'entrevois les soldats germains, tirés de leur sommeil, qui s'habillent à la hâte.

Je m'envole, je frôle les têtes à la recherche de Gianni parmi les guerriers. Beaucoup sont jeunes, comme lui.

Le soleil jaillit soudain, enflammant les toitures et les visages.

Je le vois !

Je vois l'ardeur dans son regard. Le frisson de l'ardeur dans son regard. Le plaisir.

Il est parmi les premiers à pénétrer dans l'enceinte, hurlant avec les autres, pour se donner du courage autant que pour intimider l'ennemi.

Et le carnage commence. La guerre est un carnage, toujours, que l'odeur du sang attise.

Ça ferraille, ça gicle et ça gémit. Tous les coups sont permis, qui transpercent, décapitent, mutilent.

Ça excite les hommes, de détruire.

Gianni paraît tout ébahi quand le tranchant de son épée entame le gras d'un soldat germain. Il l'a pourtant donné, ce coup, sa lame était bien aiguisée, et la chair s'est ouverte. Normal.

C'est donc aussi simple que ça de tuer ? semble-t-il penser.

C'est peut-être sa première fois ? Je ne sais pas si c'est facile de tuer mais je vois bien que c'est grisant aussi. Je peux lire sur les visages enivrés que chaque blessure infligée fait naître l'envie de blesser encore, de tuer même, pour vivre plus fort.

L'humain est ainsi fait. La boucherie est dans ses gènes.

J'effleure Gianni de mon aile, évitant de peu le tranchant d'une hache qui s'abat sur un crâne germain, tout près. Le sang gicle, m'éclabousse. Je salive. Je suis une corneille, omnivore, ne détestant pas que le sang soit au menu. Il m'est difficile, d'un point de vue corvidé, de m'apitoyer sur le sort de ces humains pathétiques qui s'étripent.

Les Assisiens ont l'avantage du nombre et de la surprise. Les Germains, réveillés en sursaut, n'étaient pas préparés à se défendre. Ils sont mis rapidement hors d'état de nuire.

Des cris de victoire emplissent le jour naissant.

Déjà ? C'était trop facile. C'était trop rapide pour que la soif de revanche qui couve depuis plus de deux décennies s'étanche.

Excités et pas encore repus, les vainqueurs veulent poursuivre le nettoyage en délogeant ceux qui pactisaient avec l'occupant : des nobles pour la plupart. La troupe se répand dans les rues de la ville.

Posée sur le pignon d'une maison rupine, je vois des domestiques épouvantés s'enfuir. J'entends les hurlements de femmes, d'enfants, s'échapper des fenêtres. Fenêtres qui vomissent aussi vaisselle, meubles, tableaux, et cadavres fraîchement égorgés et violés, pêle-mêle.

C'est la guerre.

Le soleil est tout à fait levé à présent, il irradie le monde.

Il inonde la tuerie.

Gianni est là. Son regard est moins clair. Quelque chose en lui s'épouvante peut-être d'un tel acharnement.

J'ai eu envie de le penser après coup. La corneille s'en fichait, bien sûr.

Le fait est qu'il ne paraît plus aussi exalté que ce matin. Tant que tout avait lieu dans le clair-obscur, ça semblait moins réel. Ces nobles, après tout, sont des clients de son père, ses clients. Il les a côtoyés, il a régalé leurs fils, embrassé leurs filles, tous ont applaudi à ses chansons. Et le voilà qui assiste, qui participe même, à ces atrocités à visage découvert, les cagoules n'existaient pas à l'époque – les caméras non plus, il est vrai.

Bientôt la fièvre se calme un peu. On a assez tué.

Les nobles qui n'ont pas fui ou n'ont pas été massacrés se rendent. Certains, qui étaient déjà acquis à la cause des rebelles, ont combattu aux côtés de Gianni pour chasser l'ennemi germain. Du coup, il n'a pas perdu tous ses amis, ça doit le réconforter un peu.

Je le survole. Il paraît heureux et déçu à la fois. Honteux peut-être. Je le serais si j'étais lui. Mais je ne suis qu'une corneille.

Ça ne l'empêchera pas de ressortir tout à l'heure pour fêter la boucherie.

Il improvisera une nouvelle chanson et les filles se pâmeront d'autant plus qu'il est blessé. Pas trop, juste ce qu'il faut : une égratignure sur la tempe, un pansement le rendra héroïque.

Voilà, c'est fini, chacun rentre chez soi.

Je m'éjecte, un goût de sang dans le bec.

Dans la bouche.

Il est trois heures du matin au vingt-et-unième siècle.

Je ne suis pas sûre que j'aurais osé me lancer dans l'aventure si j'avais su à quel point tout serait si réel.

Ce qui était inévitable en revanche, c'est que ma vie allait me sembler encore plus insipide.

Ma chambre moche, blanc sale, blanc cassé, blanc usé, aux murs enfouis sous des étagères de livres que je ne lirai pas, la vieille armoire à glace brun foncé qui vient d'une grand-tante, ou d'un arrière-grand-oncle, qui me sert de penderie, le lit Ikea qui prend toute la place, le petit bureau, Ikea aussi – non, je n'ai pas d'actions, au contraire, Ikea détruit méthodiquement les forêts, j'ai honte –, le bureau qui regarde la rue, qui regarde le balcon. J'ai la seule chambre avec balcon de l'appartement. Je l'ai obtenue sans batailler, parce que mes parents se fichent de ce qu'on voit par les fenêtres. Les fenêtres leur servent à laisser entrer la lumière pour pouvoir lire leurs foutues thèses. Le reste, si on tient vraiment à le voir, il suffit de sortir. La poésie ? Quelle farce !

J'ai zappé l'explication de texte qu'on devait rendre le lundi. Comparé à ce que je venais de vivre, c'était d'une futilité abyssale.

Amoureuse. J'ai essayé de comparer Gianni aux autres garçons, à tous les autres, les plus beaux, les plus intelligents, pas un n'est sorti du lot. Les types dans son genre ne courent pas les ruelles. Et pas seulement à cause de son origine médiévale qui le rend forcément plus… exotique.

Amoureuse. Le mot occupait tout mon espace de cerveau disponible. Je n'étais pas tout à fait certaine de connaître la différence entre l'amour et le désir, mais le moment viendrait, j'en étais certaine, où ce serait une évidence.

Et le meilleur moyen pour qu'il arrive, ce moment, était d'aller à sa rencontre.

Après la prise de Rocca Alta et l'instauration de la commune, la forteresse a été démontée pierre par pierre. Avec ces pierres, les Assisiens ont construit une muraille pour protéger leur ville. Tout le monde s'y est collé, même

Gianni, parce que c'était nouveau, et que tout ce qui est nouveau est excitant.

Mais la paix n'a pas duré…

*

Assise est guelfe. Guelfe vient de Guelf, nom d'une lignée de nobles germains qui n'aiment pas l'empereur germain, et lui préfèrent le pape qui n'est pourtant pas germain.

Pérouse est gibeline. Gibelin vient de Waiblingen, une autre famille de nobles qui aiment l'empereur germain.

Ça suffit à provoquer une petite altercation de temps à autre.

La commune instaurée à Assise après la prise de Rocca Alta profitant principalement aux bourgeois, les nobles gibelins qui ont fui à Pérouse trépignent, ils veulent rentrer chez eux et que justice soit faite.

Tout ça mijote un an avant de se mettre à bouillir, et à déborder.

Les Assisiens, forts de leur succès de l'année précédente, déploient les grands moyens pour impressionner l'ennemi pérugien. Au douzième siècle, on a le sens de la mise en scène. Celle-là est extravagante.

Assise est peut-être le creuset où bouillonnent les gènes de futurs cinéastes ? Une séquence qui coûterait cher aux producteurs. Gianni, biberonné à l'emphase de ses compatriotes, ne pouvait qu'en garder les séquelles.

*

Comme il m'est cette fois encore impossible de shifter dans le corps de Clara, trop jeune et trop fille, je me résous à le faire une nouvelle fois en corneille. C'est pratique et c'est un pur plaisir.

Je n'ai fait que survoler sans suivre Gianni en particulier, alors je te raconte ça vite fait, pour la beauté tragique.

Imagine un autel avec croix, cierge, plus le tintouin des reliques pour s'assurer de la protection divine, le tout hissé sur un char attelé de bœufs blancs où deux prêtres célèbrent la messe ! Ça a eu lieu vraiment. On dirait du Ridley Scott, en mieux.

Le message est clair : *Dieu est avec nous, tremblez, carcasses !* Les deux camps s'en remettent à Lui avec une naïveté confondante et le convoi se met en branle vers Pérouse, ne doutant pas de vaincre, les doigts dans le nez, sauf que…

Dieu, qui les a peut-être entendus, dans Sa sagesse, cherche à les dissuader.

Toujours est-il que le vent se lève et le char commence à tanguer. Et puis la route est mauvaise, semée d'ornières, cassis, dos d'âne. Ça, ils auraient pu l'anticiper, les tempêtes, ça s'improvise, mais Dieu n'est pas cantonnier.

Pas facile pour une corneille de se diriger dans ces conditions. C'est une chose à laquelle on ne pense pas, humaine, quand la capuche récalcitre sous le vent ou que les arbres ploient à se rompre.

Pas évident non plus pour les deux prêtres qui tâchent d'empêcher de choir, qui un chandelier, qui un calice, incapables de poursuivre leur office.

De grandiloquente, la scène mute burlesque.

J'imagine les producteurs s'arrachant les cheveux qui leur restent, *Faudrait savoir, c'est une tragédie ou une comédie ?*

La réponse ne se fait pas attendre. Le vin se répand sur la nappe immaculée, mauvais présage. La poussière, fine et collante, s'en mêle. Elle nous aveugle, les combattants et moi, à mesure que le vent redouble d'ardeur.

Les Assisiens, débouchant sur le plateau de Collestrada, découvrent, effarés, les rangs serrés des Pérugiens frais dispos, prêts à en découdre, du bon côté du vent.

On dirait que Dieu a changé de camp.

Les prêtres se planquent sous le char, la suite n'est plus de leur ressort. Le combat s'engage.

Très vite, l'eau du Tibre vire au rose à force de cadavres.

Trop vite, les Assisiens sont encerclés, désarmés, faits prisonniers. C'est un désastre.

La mêlée était telle que je n'ai aperçu Gianni qu'à la fin, dans la troupe des vaincus que les vainqueurs bousculaient sur la route menant à Pérouse.

Je suis rentrée me pelotonner sous ma couette, c'était trop triste.

Je n'ai jamais beaucoup aimé les films d'action.

Et la guerre, Masha, comment peut-on ?

Au contraire de ce qu'on aurait pu espérer en vertu de l'expérience qui sert de leçon, il semble que dans la vraie vie, elle ne serve pas. Les hommes seraient-ils des enfants qui ont trop vite grandi ? Des gamins prépubères ?

J'ose encore espérer que les femmes sont plus fiables… pas toutes, c'est vrai.

Gianni moisit un an dans les geôles de Pérouse à dormir peu, réfléchir beaucoup, et tomber gravement malade. Il est pourtant un des seuls – sinon le seul – parmi ses compagnons d'infortune à ne pas perdre espoir. Il est vrai que la certitude d'un destin glorieux le soutient et qu'il a de bonnes raisons d'espérer : son père est riche et la corruption n'est pas un sport récent.

Il n'empêche qu'un an dans une prison humide infestée de rats, c'est long quand on n'en a que vingt. Un an à porter les mêmes vêtements de plus en plus crasseux et malodorants, un comble pour un élégant. Un an à partager jusqu'à la plus inavouable intimité. Le papier hygiénique n'existait pas, tu imagines ?

Autant dire que je meurs d'envie de découvrir à quoi ressemblait cette captivité qui a eu tant d'impact sur la suite de son existence.

N'ayant aucun moyen de connaître les lieux, je dois me focaliser sur Gianni. Je m'imagine le regardant, j'imagine des murs de pierres, une atmosphère sombre à peine éclairée par un soupirail, j'imagine la puanteur, la saleté, une porte en bois ponctuée de clous de fer, mais peut-être était-ce seulement une grille ?...

Je ne réussis pas tout de suite.

Ce n'est pas à toi que j'apprendrai qu'avec aussi peu d'éléments, on risque de se louper. J'avoue que ça restait ma plus grande peur : me tromper d'époque ou de lieu, ou atterrir dans une matière inanimée.

1, 2, 3, 4, 5... 29, 30... Je me laisse guider par mon désir, et je me retrouve à quatre pattes sur un sol dur et crasseux. À quatre pattes, oui, en train de renifler des miettes de... de pain, on dirait.

Tu l'as peut-être déjà deviné mais moi, sur le coup, je ne savais pas encore de quoi était fait ce *moi* qui hume le pain avant même de chercher Gianni du regard – ce qui ne semblait pas être la préoccupation première de la bestiole dans laquelle je shiftais.

Je suis à quatre pattes parce que *j'ai* quatre pattes, des poils, un museau effilé, un odorat puissant, et je suis affamée. Je suis un rat !... ou une rate ?

La sensation est nouvelle. Étrange. Intéressante, forcément.

J'observe le ramassis d'humains en guenilles, barbus, hirsutes, qui se trouve devant moi. Est-il possible vraiment que Gianni soit parmi eux ? Ils se disputent un croûton de pain, qui me fait envie à moi aussi. La salive m'en vient à la bouche tandis que je mâchonne la pauvre miette que je reniflais en arrivant.

Prudence, l'humain est un mammifère d'autant plus dangereux qu'il a faim, et il est plus fort qu'un rat. Je pourrais mordre, mais ça risque de ne pas me mener bien loin. Et je ne suis pas venue pour me nourrir de pain rassis.

Je cherche Gianni parmi ces hommes affalés contre le mur et qui, à première vue, se ressemblent tous. Si beaucoup sont jeunes, ça ne se voit pas. L'angoisse, le désespoir et la pilosité les défigurent. Ils n'ont plus même la force de parler entre eux, ni l'envie. À quoi bon ?

Certains chuchotent, les plus faibles pleurent, les plus malades gémissent.

Mon ventre me démange. Je le gratte avec ma patte de rat, déloge une puce, la croque. Non, ce n'est pas très bon, c'est pour éviter qu'elle ne me pique encore. Tous les prisonniers en sont couverts et ce n'est pas le moindre de leurs maux. On les dirait en train de pourrir vivants. Ils empestent bien au-delà de ce que j'ai imaginé avant de shifter jusqu'à eux, et la plupart sont malades à cause de l'humidité, de la mauvaise nourriture, de l'insalubrité, de l'absence d'hygiène et des moustiques aventurés par le soupirail.

Gianni et plusieurs de ses camarades ont attrapé la malaria – je le sais pour l'avoir lu avant de venir.

Ça explique l'odeur immonde de vomi et d'excréments. Pas sympa, la malaria. À l'époque, on en meurt souvent. Quant aux symptômes, douleurs articulaires, fièvre, maux de tête, vomissements, diarrhées, si on ne les a pas forcément tous, ils sont de nature à bien flinguer le moral, en plus du reste.

Je m'approche pour essayer de découvrir Gianni parmi cet amas humain souffreteux.

Mon super odorat de rongeur pourrait me permettre de l'identifier si son odeur n'avait pas tant changé.

Je m'approche encore. Trop.

Un coup de pied me projette quatre mètres plus loin. Heureusement que personne n'est au mieux de sa forme, sinon je m'écrasais contre la paroi. Un peu sonnée, je me relève, et retombe. Ma patte avant droite refuse de me porter. J'attends un peu avant de me relever encore et de clopiner sur les trois autres, en catimini.

Un regard clair est posé sur moi, à la fois contrit et soulagé de me voir bouger. Il émerge d'une forêt de poils. Le coup de pied m'a servi à attirer son attention, sa compassion.

Loqueteux, crasseux, hirsute, c'est lui. Je suis au bon endroit !

Il tient un garçon maigre dans ses bras, comme il ferait d'un petit enfant, et murmure à son oreille. Le garçon tousse, mal en point. Gianni le berce, lui récite un poème. Peu à peu, sa voix se fait plus chantante et la musique lui vient comme un remède. Il est question d'amours enfuies, de liberté chérie, de résistance, d'espoir. Il improvise ? C'est vrai qu'il n'y a pas grand-chose d'autre à faire ici, sauf rêver d'un avenir.

Sa voix de contralto réveille un peu les autres prisonniers. Ça l'encourage à chanter plus fort. Et la mélodie agit, produit un nuage d'endorphines qui donnent un peu d'énergie et de bonne humeur à ses compagnons. Très peu, toujours ça de pris.

J'ai trouvé quelque chose à mâchouiller en l'écoutant. Ce rat n'est pas très mélomane… comme si on mangeait en écoutant David Bowie, sacrilège. Je reconnais que ça a bon goût. Ce n'est pas du pain pourtant, on dirait… de la viande ?! Mais comment est-ce poss… shit !

C'est de la viande, oui ! Je suis sur un tas de guenilles puantes et grouillantes de mouches, je suis sur… je ne veux pas savoir ! Je m'éjecte.

*

Rat des villes ou rat des champs ? Rat des champs : noir donc.

Il y a tant de sous-espèces que c'est à s'y perdre, je simplifie. Tous sont intelligents, tous croissent et se multiplient…

on va dire rapidement : dans les cinquante bébés par an. L'humain ne fait pas le poids question démographie.

Vingt centimètres sans la queue, nocturne, bon grimpeur, bon nageur, le rat niche dans les greniers et vit en groupe – les mâles ont des harems, personne n'est parfait. Il communique avec ses congénères par ultrasons, et ses vibrisses, comme celles des chats, compensent sa myopie.

Occasionnellement et sans le faire exprès, il propage des maladies du style peste ou tuberculose, d'où sa mauvaise réputation. En Occident, du moins. En Asie et en Inde, on le mange… Comme quoi, tout est affaire de goût.

On parle moins souvent des services que les rats des villes nous rendent : ils débouchent les canalisations en se nourrissant des ordures qui s'y trouvent. C'est par ailleurs un animal qui s'apprivoise facilement, très affectueux. Il ne vit que trois ans, ce qui devrait le rendre d'autant plus intéressant pour les humains si prompts à abandonner leurs animaux de compagnie.

*

Je t'assure, Masha, que je ne prends pas un malin plaisir à te parler des choses dégoûtantes que j'ai mangées… juste un tout petit peu. Il me semble que ce serait dommage de passer sous silence ces expériences culinaires parce qu'elles sont intéressantes d'un point de vue philosophique.

Quand je suis animale, les facultés de la bestiole que je squatte se mêlent aux miennes au point de les estomper parfois. Mon humanité s'effacerait-elle tout à fait si je m'attardais trop longtemps ? Mystère et boule de shift...

En attendant, je me suis fait la promesse de ne plus jamais shifter en rat pour cause de régime alimentaire trop laxiste et cote d'amour laissant à désirer. J'ai quand même failli y laisser une patte.

Je ne plaisante pas. Figure-toi que j'ai eu mal à la patte-au poignet droit pendant des heures, au point de redouter la fracture. Je suppose que c'était, comme d'habitude, l'effet de mon imagination.

J'admire Gianni d'avoir été capable de garder espoir après avoir contracté cette maladie si dégradante qu'est la malaria. Ce qu'il ne sait pas encore, c'est qu'il a aussi été contaminé par la bactérie de la tuberculose osseuse. Une saleté qui va bousiller son corps à petit feu, lui causant des douleurs plus ou moins vives selon les jours, jusqu'à sa fin.

« Toujours me réveiller, dormir, me rassasier, avoir faim, avoir froid, avoir chaud ; rien qui finisse jamais ! »
Sénèque

Le lendemain de ma visite en prison, je t'ai demandé s'il t'arrivait parfois de croiser des gens *morts depuis longtemps* en shiftant. Je ne sais pas si tu t'en souviens, mais tu n'as pas compris tout de suite à quoi je faisais allusion.

– Je veux dire : pas des personnages de film ou de jeu vidéo. Des vrais gens. Qui ont vécu autrefois.

– Heu… non.

Tu m'as dit que des morts, tu en avais vu en vrai, *des morts récents,* des gens que tu aimais, en plus. Alors les morts anciens, non merci, ça ne te disait rien de tenter le coup. Tu as même ajouté que c'était peut-être dangereux de se balader dans le passé.

Alors je t'ai encore menti que je ne l'avais fait qu'une fois. J'ai même ajouté que j'avais trouvé ça trop bizarre et que je n'avais pas envie de recommencer. Avec une grimace pour te convaincre, et pour ne pas t'inquiéter. Désolée. Je n'aime pas mentir, mais c'était un genre de cas de force majeure.

En réalité, il ne se passait plus une nuit sans que je shifte. Et le week-end, je n'attendais même pas qu'il fasse nuit. J'étais prise, envoûtée. J'avais besoin de ma dose de Gianni. Je me fichais des conséquences, ma frénésie était sans bornes.

Mon cerveau gauche se doutait que je déconnais beaucoup, et même passionnément, mais mon cerveau droit me berçait d'*et si c'était vrai ?* et me rappelait que les scientifiques ont prouvé depuis longtemps que le temps et l'espace sont des illusions et qu'on ne fait que nager dans un bouillon de particules qu'on a pris l'habitude d'appeler *réalité*. Alors pourquoi ne pas ajouter un ingrédient dans le bouillon – moi, par exemple – pour en changer le goût ?

Le monde se transfigurait à travers les verres roses de ma passion. Je m'extasiais devant tout, devant rien, je découvrais mon quartier, Paris, mon lycée, les gens, mes parents. Je posais sur eux des regards d'entomologiste devant une espèce inconnue. J'étais amoureuse d'*un mort depuis longtemps*, perdue à jamais pour la normalité, je m'en fichais, je n'avais même plus envie de m'y conformer. Je me sentais invincible.

J'allais jusqu'à me persuader que je ne manquerais à personne si par malchance je succombais en shiftant.

J'avais sept ou huit ans quand mes parents m'ont avoué sans complexe qu'ils ne m'avaient pas préméditée et que j'étais un accident sur leur parcours universitaire. J'imagine que l'aveu visait à se dédouaner de ne pas être des géniteurs exemplaires.

Je n'étais pas prévue au programme, j'encombrais.

Si je disparaissais de leur existence du jour au lendemain après leur avoir envoyé un message pour les avertir, par exemple, que je suis partie vivre au bout du monde, je suis sûre qu'ils ne s'en feraient pas plus que ça.

Morte ou enfuie, ça changeait quoi ?

Pietro Bernardone a négocié la libération de son fils contre argent comptant. Pas très glorieux. Comment Gianni a-t-il pu s'accommoder à la pensée que ses camarades moins fortunés demeuraient prisonniers ?

On ne se pose peut-être pas la question très longtemps quand il fait si bon respirer un air exempt de miasmes et qu'il est à nouveau permis de faire des plans sur la comète de l'avenir.

Les Assisiens qui ont aperçu Gianni revenant des geôles de Pérouse ont dû être étonnés.

À moins qu'ils n'aient pas reconnu l'individu hirsute, barbu, flottant dans des vêtements crasseux assis dans le chariot des Bernardone. Mais peut-être avaient-ils sorti la litière – pas le style WC pour félins, non, une sorte de grande chaise à porteurs couverte et portée par des chevaux –. Ou peut-être Gianni s'était-il caché sous une étoffe, ou sous le manteau de la nuit, et ne s'est-il montré qu'une fois lavé, rasé et habillé de propre ?

Si la prison n'a pas entamé ses glorieuses aspirations, elle ne les a pas non plus éclairées. Il sait en revanche plus que jamais ce qu'il ne veut pas faire : drapier. Un quotidien de commerçant est incompatible avec sa soif d'absolu. De même que celui de charpentier l'était à celui qu'il vénère depuis que, enfant, on lui en a conté les exploits.

Ces hommes ne sont pas nés pour une vie ordinaire et ils sont incapables de comprendre ceux qui s'en contentent. Quoi ? Faire comme tout *le monde*, travailler, avoir des enfants, sérieusement ? *Le monde* n'est pas si content de son sort puisqu'il passe son temps à scier les branches sur lesquelles il s'assied.

Serait-ce qu'il s'ennuie quand tout va bien ?

Quand tout va bien, la magie n'opère plus, et, très vite, on s'ennuie, on a envie qu'il se passe quelque chose, n'importe quoi, c'est bien le problème. Le malheur a du bon, du coup.

Comment se résoudre à cesser de chercher la clef qui ouvre la porte du grand mystère ?

Sans forcément briguer l'état de messie ou de saint, il arrive un moment où on se pose la question du sens.

Nous, écoliers studieux, collégiens attentifs, lycéens de bonne volonté à qui on apprend l'histoire depuis les siècles des siècles, et dont on rebat les oreilles à coups de célébrations, sur l'horreur des guerres, sur leurs motifs futiles et répugnants, finissons par penser que nos ancêtres étaient un peu cons. Mais bon, maintenant on sait, on voit où ça les a menés : les morts, les amputés, les camps, les viols, les tortures, les bombes. Et maintenant qu'on sait, on va être moins cons, on va être tolérants, charitables, tout ça. Hélas, non.

Même la dernière guerre mondiale qui a été l'occasion de prouesses technologiques particulièrement immondes n'a, semble-t-il, pas servi de leçon.

Les humains sont toujours la bande de préados bagarreurs dans une cour de récré. Les bandes, plutôt. Rivales. Dont le plaisir n'a pas varié : se foutre sur la gueule pour des questions de territoire, de pouvoir, de biff, de religion.

L'entends-tu, Masha, ce long hurlement de l'ado au fond des bois ?

Je ne veux pas devenir comme vous, je ne veux pas grandir, je ne veux pas cautionner votre imbécillité atroce !

La connerie est-elle inscrite dans l'ADN d'*Homo sapiens* ?

Les labos devraient se pencher là-dessus. Il y a un paquet de fric à se faire, ça devrait les motiver.

Gianni non plus n'est pas sage. Il est même prêt à tout pour devenir célèbre.

Au vingt-et-unième siècle où il est si commun de le désirer et si facile d'y parvenir, plus ou moins fugitivement grâce aux réseaux sociaux, il serait déjà devenu influenceur, chanteur ou acteur… Il partage avec David Bowie le désir existentiel de produire une œuvre. Comme lui, il est tout entier tendu vers ce but, et comme lui, il tâtonne, expérimente, s'amuse.

Pour l'instant il patauge.

Tous les possibles sont ouverts, mais la prison a entamé sa résistance, il faut qu'il se requinque.

Il végète six bons mois entre euphorie et abattement, tuberculose osseuse et malaria. Il lui arrive de porter un corset quand son dos le fait souffrir, ou de marcher avec une canne quand c'est un genou qui récalcitre. Et pour une fois ce n'est pas par élégance ou pour lancer une mode, même s'il laisse planer le doute.

Les jours de trop grande souffrance, il avale les décoctions de plantes mêlées de vinaigre et de miel qu'une rebouteuse lui concocte. Le luxe douillet de la grande maison familiale, les domestiques et la bonne chère l'aident à traverser cette épreuve. Les Bernardone vivent comme des seigneurs, et même mieux que certains seigneurs.

La malaria n'est bientôt plus qu'un mauvais souvenir, et il apprend à composer avec sa tuberculose osseuse.

Dès qu'il se sent un peu ragaillardi, il recommence à faire la fête avec ceux de ses compagnons qui ne sont pas morts à Collestrada ou moisis dans les cachots de Pérouse. Certains en sont sortis. D'autres encore, fils et filles de nobles exilés, sont rentrés à Assise après que leurs maisons ont été reconstruites.

De quelque bord qu'ils soient, les rescapés sont jeunes et ne se font pas la gueule longtemps, ils laissent ça à leurs parents, ils ont mieux à faire. La fête leur est thérapeutique.

Surtout quand c'est Gianni qui mène la danse. La danse, il aime tant ça qu'il y parvient même avec une canne les jours où sa maladie le taraude, et, quelles que soient les circonstances, il ne perd jamais son humour. On est sûr de ne pas s'ennuyer avec lui, d'autant qu'il a toujours les poches pleines et qu'il est prompt à en faire profiter les autres.

Oui, la fête est thérapeutique... Elle commence pourtant à avoir un goût de réchauffé. Gianni est las de cette répétition de plaisirs stériles. Longtemps il a bu pour apaiser le trop-plein de vie qui bouillonnait en lui. À présent il boit par habitude. La captivité a eu raison de son insouciance.

Il a vingt-deux ans.

Il continue quand même ses virées chez Paul. Paul cuisine français, et son ombrien mâtiné de langue d'oc distrait sa clientèle qui trouve ça exotique. Avec lui, on voyage sans se déplacer beaucoup, et c'est toujours le lieu le plus tendance d'Assise, que faire d'autre ?

1, 2, 3, 4, 5...

Papillon, je volette, un peu étourdie comme chaque fois que j'investis le corps d'une bestiole volante. C'est ma première fois en papillon, son vol est très différent du vol aviaire mais pas moins grisant. Rien d'autre dans le vivant n'offre une telle sensation de liberté que voler.

Comme il y a vingt fois plus de papillons nocturnes que de diurnes, j'ai eu l'embarras du choix... que finalement je porte sur *l'écaille tigrée*. En réalité pas tigrée du tout, mais blanche, veloutée, et parsemée de petites taches noires. Elle-je arbore de jolies antennes qui ressemblent à des plumes.

*

Comme tous les lépidoptères – le nom scientifique des papillons de nuit –, les écailles sont des pollinisateurs hors pair, plus efficaces même que les abeilles.

L'écaille perçoit les ultrasons, ce qui lui est utile pour éviter les chauves-souris dont elle est une des friandises préférées. Si la chauve-souris l'épargne, elle ne vivra pourtant pas plus de deux jours à l'état de papillon : son apothéose. Mais avant, elle a eu plusieurs mois d'enfance chenille et quelques autres d'adolescence chrysalide. L'écaille mâle chante, et si l'humain ne peut pas l'entendre, la femelle écaille y est sensible.

Deux jours, c'est quand même un peu court, pour une histoire d'amour.

Trop court pour enrayer le déclin d'une population : l'écaille est malheureusement en voie de disparition.

*

Je me pose sur l'épaule veloutée de bleu sombre du fou qui hante mes nuits, broche vivante, écrue sur bleu, plutôt jolie. Pas de l'avis de tout le monde.

– Une mite ! dit un de ses amis, me chassant.

– Non ! C'est un papillon de nuit, proteste Gianni en me suivant des yeux, inquiet. Les papillons de nuit ne mangent pas le tissu.

Le spécialiste a parlé, plus un ne moufte.

Rassurée, j'y retourne. J'ai l'impression que mon élégant ne déteste pas qu'un insecte se pose sur lui, tel un ornement raffiné. Il finit son verre, commande un autre pichet de vin mêlé d'épices et de miel et va s'asseoir près de Bernardo di Quintavalle. Ils se connaissent depuis longtemps mais sont devenus proches depuis peu. Depuis que les atrocités sanglantes les ont fait réfléchir. Elles ont réveillé en Gianni les grandes questions, les seules qui vaillent, celles qui n'ont pas de réponse.

Et quand il a bu, il se les pose à voix haute.

– Tant qu'on n'a pas été riche, on s'imagine que la vie serait plus belle si on l'était. En un sens c'est vrai, au début, mais après…

Son ami a de bonnes raisons d'être d'accord : il est riche lui aussi. Très.

– Oui.

– Après qu'on a bien mangé, bien bu, fait l'amour, après qu'on a acheté de jolis petits chevaux, on ne sait plus quoi désirer.

Bernardo remplit leurs verres, ils trinquent, boivent. Gianni poursuit sa plainte.

– Après qu'on s'est mis en couple, qu'on a fabriqué quelques loupiots, qu'on les a regardés grandir, s'émanciper, se rebeller, rentrer dans le rang, après… Après, on est bien forcé de se poser la grande question, l'inévitable, celle qu'on ne se pose pas tant qu'on n'est pas rassasié de plaisirs…

– Jusqu'à la nausée…

– Oui, jusqu'à la nausée. Et même si ni toi ni moi n'avons encore de femme ou d'enfant, c'est facile à imaginer. Si facile… À quoi bon ? Est-ce que c'est seulement ça, vivre ?

Bernardo, vaincu par l'énumération, ne trouve rien à ajouter.

Ils trinquent encore, comme s'ils buvaient la coupe des condamnés, tels deux frères d'infortune, fortunés.

– Non, Bernardo, ça ne peut pas être seulement ça, c'est trop désespérant ! se désole Gianni. Il faudrait qu'il existe quelque chose de plus nourrissant, quelque chose dont on ne se lasse pas… comme cette eau dont parlait Jésus.

– « Celui qui boira l'eau que je lui donnerai n'aura plus jamais soif, et cette eau deviendra en lui une source qui jaillira jusque dans la vie éternelle[1] », cite Bernardo.

– Voilà !

Comme je le comprends, Masha ! Comme je les comprends tous les deux ! Ils ont mille fois raison, cent mille fois. Si seulement cette eau pouvait exister !

Gianni boit une grande gorgée de vin, deux, réfléchit, dit :

– Je me demande de quelle eau il parlait…

1. Évangile de Jean, 4, 14.

– C'est une image.

– Oui. Mais… quelle eau ? répète Gianni, rêveur.

À la table voisine de la leur, deux voyageurs colportent des nouvelles de la guerre. Celle menée par Gaultier de Brienne, en pleine reconquête des régions qui n'ont pas encore été libérées du joug germain. Brienne chevauche de succès en succès, acclamé en héros partout où il passe, avec la bénédiction du pape.

Depuis le creux de sa désolation, Gianni a tendu l'oreille.

Ces deux hommes ne sont-ils pas en train de parler de ce qui pourrait pimenter sa vie ?

Il bondit de son siège et va proposer aux voyageurs de partager un nouveau pichet, puis fait signe à Bernardo de les rejoindre.

On leur donne tous les détails qu'ils veulent, et Gianni s'exalte à mesure comme un gamin à qui on raconte une belle histoire. Quintavalle s'attendrit de son enthousiasme. Le métier des armes ne l'a jamais attiré, il préfère la lecture. Mais l'alcool les baignant dans sa brume, il est heureux de voir celui qu'il considère désormais comme son meilleur ami reprendre espoir en écoutant les voyageurs.

Quand les deux inconnus montent dans leur chambre, la décision de Gianni est prise.

– Je sais ce que je vais faire !

Il n'attend pas que son ami lui demande quoi, il est bien trop impatient de lui en faire part :

– Je vais rejoindre Gaultier de Brienne !

Bernardo sourit de guingois, philosophe. Il sait ce qu'il en est des exaltations alcoolisées et des feux de paille qu'elles enfantent. Ce qu'il ignore, c'est que la carrière de chevalier fait rêver Gianni depuis sa plus tendre enfance. Depuis que saint Georges caracole sur le vitrail de son église-école, il en rêve. Un peu anesthésié par l'alcool et la langueur du soir, Bernardo ne devine pas davantage ce que l'orgueil de son compagnon est en train de lui murmurer à l'oreille.

Et si l'occasion était venue de te couvrir enfin de gloire ?

– Il me faut une armure ! déclare Gianni soudain revigoré.

– Oui… Ça coûte cher.

– Ce n'est pas un problème.

Si elle pouvait ressembler à celle de saint Georges terrassant le dragon, ce serait idéal, fomente-t-il sans doute.

– Il me faut aussi un écuyer…

– Ça aussi coûte cher.

– Oui, c'est sûr.

Gianni ne nie pas, il sait ce que les choses coûtent, mais rien ni personne ne peut plus tempérer l'ardeur qu'il va déployer dans ce projet. Quintavalle l'admire aussi pour ça, sa ténacité, même si elle n'est pas toujours bien employée.

– Il est joli, ce papillon, dit-il.

Il essaye de détourner l'attention de Gianni en lui parlant de moi, et ça me fait plaisir, le croiras-tu ?

Je me réjouis d'un compliment qui s'adresse à quelqu'un que je ne suis pas, un insecte… Ne dirait-on pas que je suis en manque, ou que j'ai un problème identitaire ? Ce jour-là, il ne m'a pas paru d'une très haute importance de me répondre.

– Oui, très, convient l'élégant après un coup d'œil sur son épaule.

Mais voilà que des musiciens arrivent avec guiterne, vièle, tambourin, et entament un saltarello.

Gianni ne tient plus en place, il faut qu'il danse. Il ne sent plus ses os, il ne sent que l'ardeur.

Je m'envole.

Quand Gianni était enfant, puis adolescent, il a assisté aux fêtes du solstice d'hiver.

Elles se tenaient dans l'église où il apprenait la grammaire, la géométrie, un peu de latin et d'histoire sainte. Ces jours-là bien sûr, il n'y avait pas école mais ça n'empêchait pas les écoliers de s'y rendre et de s'y s'amuser beaucoup. Follement même.

Ils commençaient par élire parmi eux un faux évêque, qui n'avait jamais plus de treize ou quatorze ans. Puis ils le déguisaient avec mitre, sceptre, manteau, avant de l'installer dans le fauteuil du véritable évêque.

Dans toute la ville, pendant plusieurs jours, les rôles étaient inversés : les serviteurs donnaient des ordres aux maîtres, et les maîtres jouaient le jeu. Tous participaient, hommes, femmes, enfants et même moines. On buvait, dansait, on chantait des trucs obscènes. L'alcool aidant, ça forniquait dans tous les coins, y compris dans l'église et jusque dans la rue où on trimballait sur des chars des femmes à moitié nues qu'on faisait semblant de vendre.

Ça durait une petite semaine, à l'issue de laquelle l'évêque fantoche entouré de sa cour se rendait à cheval au palais du véritable évêque lui demander des comptes. L'évêque répondait de plus ou moins bonne grâce et récupérait son autorité.

Ces fêtes païennes, issues des Saturnales, étaient répandues dans la plupart des pays de l'actuelle Europe. L'Église les tolérait parce qu'elles permettaient au peuple de se défouler, puis de culpabiliser un peu, et d'être plus docile ensuite. Jusqu'au moment où elle a eu l'idée de génie pour les interdire en décrétant que Jésus était né le 25 décembre, soit quelques jours après le solstice. Plus la même ambiance.

La tradition a dû laisser des souvenirs gourmands et une riche matière à fantasmes dans le cerveau de Gianni. D'autant qu'il est vraisemblable qu'il ait joué plus d'une fois le rôle du jeune évêque.

L'excès est finalement la matière qu'on lui a le mieux enseignée. Aussi n'a-t-il aucun scrupule à sacrifier l'argent de son père sur l'autel de sa future notoriété.

*

Pietro Bernardone n'essaye pas de dissuader son Francesco. Au contraire, il l'admire. Il est même à ce point béat devant sa détermination qu'il n'hésite pas à vendre une de ses fermes pour faire fabriquer l'armure, forger le bouclier, l'épée, acheter un pur-sang arabe, engager l'écuyer...

On peut dire ce qu'on veut de ce bourgeois pété de thunes et obsédé des apparences, personne ne pourra prétendre qu'il n'aimait pas son glorieux rejeton.

Si mes parents étaient à moitié aussi fiers de moi, j'en serais éperdue de gratitude.

Pietro a aimé son fils, il l'a pourri, gâté. Sa désillusion sera à la démesure de son amour.

Angelo, l'aîné, serre les dents, fomentant peut-être le rêve secret que le Giannino chéri de sa maman ne revienne jamais des contrées lointaines où il se prépare à partir. Je ne l'approuve pas, mais je le comprends.

Tu vois, Masha, ce qui est étrange quand on se mêle à la vie des *morts depuis longtemps*, c'est qu'ils aient l'air tellement vivants... Cette phrase n'a sans doute aucun sens pour ceux qui n'ont jamais shifté dans le passé historique, mais en moi, elle ouvre des abîmes et souligne l'éphémère de nos vies.

Je suppose que tant qu'on n'en a pas fait l'expérience, on peut l'imaginer, mais ça reste dans le mental, ça n'a pas de consistance. Mourir n'a pas de consistance, c'est juste une idée. On sait que ça arrivera mais ça reste théorique. Je situe ma mort à un horizon si lointain que je me sens comme immortelle. Par peur, ou par légèreté.

Quand ces *morts depuis longtemps* étaient vivants, ils envisageaient sans doute les choses de la même manière. Ils ont cru, comme nous, qu'ils allaient résoudre tous les problèmes, que ce n'était qu'une question de temps. Toutes les générations l'ont cru. Le croient. Et toutes les générations qui se croyaient plus malignes que les précédentes ont disparu. Aujourd'hui c'est leur existence qui est devenue théorique, douteuse presque.

C'est quoi vivre, Masha ? Personne n'a encore écrit le mode d'emploi pour les nuls, un mode d'emploi qui ne nous obligerait pas à regarder par le petit bout de la lorgnette exclusive de la philosophie, ou de la religion, ou de la science.

Dostoïevski dit que l'homme a inventé Dieu pour ne pas devenir fou[2]. Et si c'était Dieu qui avait inventé l'homme pour ne pas devenir fou… de solitude ?

Je sais que tu n'es pas d'accord avec ça.

Je me souviens du jour où je t'ai demandé si tu croyais en Dieu ou quelque chose dans le genre.

Tu m'avais répondu simplement :

– Oui.

– Ça aide ?

---

2. La citation exacte est : « L'homme n'a inventé Dieu qu'afin de pouvoir vivre sans se tuer. » *Les Possédés*.

– Pas toujours. Mais ce n'est pas un sujet de conversation, as-tu ajouté. Ça ne sert à rien d'en parler, c'est personnel. En parler l'édulcore.

C'était ça ! Tu avais mille fois raison, Masha ! Les grandes choses, il ne faut pas trop en parler, ça les amoindrit. Je me rends compte que si je rechignais à te parler de Gianni, c'était pour ne pas édulcorer mon amour.

J'espère que tu me pardonneras.

Une fois les armes fabriquées et le cheval dressé, Gianni s'entraîne à porter l'armure – lourde. Pas si lourde qu'on pourrait l'imaginer, mais vingt-cinq kilos tout de même. Il n'a jamais été une force de la nature, surtout depuis que la tuberculose osseuse s'en mêle.

Opiniâtre, il s'entraîne pourtant à chevaucher avec son attirail guerrier. Pour le petit pur-sang, qui n'est pas porté par l'allégresse d'un chemin de gloire, tout ça doit peser bien lourd.

Gianni est prêt. C'est l'occasion d'une nouvelle scène cinématographique – un peu moins dans le style Ridley Scott que la précédente, mais presque aussi grandiloquente.

Les Assisiens sont dans la rue pour regarder partir le fils du drapier.

Je shifte en faucon pour suivre le cortège.

Je plane, me perche ici et là, je palpite, je jubile, l'air est doux, presque trop. La nature s'égosille. Je dois contenir mon désir d'aller cueillir un merle, trop fou d'amour pour s'apercevoir du danger qui le survole, moi.

Je reviens vers Gianni. Il me voit, me sourit, interprète sans doute ma présence comme un heureux présage.

La maison Offreducio, comme celles des autres nobles, a été reconstruite et ils sont rentrés de leur exil pérugien. Depuis son balcon, Clara regarde le chevalier en herbe. Ses yeux de onze ans pétillent, son cœur un peu aussi, je crois.

Gianni *s'en va-t-en guerre*. C'est à la hauteur du faste auquel les Bernardone ont habitué leurs congénères. Un manteau de pourpre brodé d'or est posé sur l'armure comme une somptueuse publicité pour le commerce paternel. Pietro, bouleversé de fierté prématurée, couve son rejeton d'un regard embué depuis le seuil de la boutique.

C'est mon fils, semble dire ce regard tandis que la terreur de ne pas le voir revenir lui chiffonne les entrailles.

On dirait un héros s'en revenant couvert de gloire. Sauf que la parure du héros qui s'en revient est en piteux état tandis que celle-là n'a pas encore servi.

Un garçon d'une quinzaine d'années chevauche derrière lui, portant bouclier, provisions, onguents et que sais-je d'autre… C'est l'écuyer, un des fils du fermier dont il a fallu vendre la ferme.

On leur crie *Bon voyage*, on les encourage. Quelques filles supplient Gianni de prendre soin de lui et surtout, de revenir. Paul lui fait signe depuis le pas de son auberge. Lui aussi espère son retour, il est en train de perdre son meilleur client pour la deuxième fois, les soirées vont être moins gaies sans lui.

Quelques sanglots de vièle accompagnent celui qui n'est bientôt plus qu'un petit point rouge à l'horizon.

Pica rentre prier pour qu'il lui revienne vite, loin de se douter que sa prière sera aussi promptement exaucée.

Gianni ne chevauche pas depuis une petite heure quand son chemin rencontre celui d'un chevalier, noble, mais pauvre, qui s'en va lui aussi rejoindre Brienne. Ils trottent de concert, de village en village, sur les chemins poudreux, bavardant.

Le chevalier est impressionné par le coûteux harnachement de son compagnon. Il le trouve un peu ridicule. Bien que noble, lui n'a pas les moyens d'avoir un écuyer, et son manteau est de laine grossière.

Mais Gianni, même engoncé dans son armure, parvient à le charmer et à lui faire oublier l'ostentation bourgeoise, et il apprend de lui. Car le chevalier, aguerri aux combats, fait preuve de réalisme sur ce qui les attend, il informe, il forme. Il finit par remarquer ma présence.

– C'est étrange, on dirait que ce faucon nous suit. Les rapaces sont pourtant des oiseaux territoriaux…

Shit !

Il a raison. Je sentais depuis un moment une résistance, sans comprendre.

Je m'éjecte.

Le plus intéressant est à venir.

Quelques heures plus tard, sans qu'on sache pourquoi, Gianni va tomber brusquement et violemment malade.

Il ruisselle déjà sous son armure. Et quand les deux hommes font halte pour la nuit dans une auberge de Spolète, Gianni est à bout de forces. Il n'ira pas plus loin.

Parti le matin, il n'a parcouru que quinze lieues – environ cinquante kilomètres.

« Il y a plus de choses dans le ciel et sur la Terre,
Horatio, que n'en rêve ta philosophie. »
William Shakespeare, *Hamlet*

Je rejoins Gianni à l'auberge, écaille tigrée, comme l'autre soir chez Paul.

Noctambule, je surveille son sommeil soubresauté, agité par la fièvre, en faisant des allers-retours entre lui et la glycine qui s'agrippe à la façade de l'auberge et dont le suc délicieux me régale.

Tu pourrais trouver étrange que je pense à manger quand mon aimé est à l'article de la mort. Il m'étonne aussi, cet appétit qui préside presque à chacun de mes shifts. Curiosité ou gourmandise ?

À ma décharge, je sais que Gianni ne mourra pas cette nuit-là, ni les suivantes, et j'ai envie d'être à ses côtés quand il reçoit les révélations qui vont l'aider à y voir plus clair. Il y aura encore bien des étapes, mais celle-ci en est une.

Le lendemain à l'aube, le chevalier vient réveiller son compagnon de voyage.

Frissonnant et accablé de faiblesse, Gianni essaie de se lever, tombe, se relève, se recouche en gémissant, il est incapable de reprendre la route. Ce qui ne l'empêche pas d'être généreux, comme toujours, et d'offrir ce qu'il a.

– Emmène mon écuyer. Je vous rejoindrai dans quelques jours.

Il y croit.

L'autre est gêné. D'autant que Gianni lui offre aussi son manteau.

– Je veux bien l'écuyer mais je te laisse le manteau. Pour être tout à fait honnête, je te conseille d'en faire autant. Aller au combat avec une telle parure ferait de toi une cible trop tentante.

Gianni le remercie poliment pour son conseil. Pour l'instant, il n'est occupé qu'à dormir. Délirer. Grelotter. Il est si mal qu'il prie pour ne pas mourir…

Ça dure des jours, des nuits.

Je navigue d'écaille en sphynx, et de sphynx en noctuelle pour ne pas épuiser mes petits hôtes éphémères.

En réalité, je parcours les heures bien plus vite que Gianni puisqu'il me suffit de rentrer et de repartir en ciblant le jour suivant, la nuit suivante... jusqu'à celle dont les hagiographes ont fait leurs délices.

Giovanni...

Francesco, diront-ils, eux qui n'y étaient pas.

Ce n'est pas l'important. L'important c'est cette voix, douce et lointaine, qui l'appelle. Je ne l'ai pas entendue non plus, mais j'ai entendu les réponses de Gianni. La lune est pleine et éclaire largement la chambre quand il ouvre un œil ahuri, se redresse, regarde autour de lui, entend *la Voix* chuchoter son nom, une fois, deux, s'inquiète.

– Je suis mort ?

Giovanni, réveille-toi...

– Qui est là ? Où... où êtes-vous ? Je ne vous vois pas...

Il effleure du regard le crucifix suspendu au mur qui lui fait face, une grossière sculpture en bois.

– C'est la fièvre, dit-il tout haut.

J'ai déjà eu la fièvre mais aucune voix ne m'a parlé, peut-être la fièvre n'était-elle pas assez forte ? J'aurais tant aimé que ça m'arrive. Je comprends que ça puisse changer la vie de quelqu'un.

Inutile de t'agiter. Inutile de me chercher. Je suis là où tu es, depuis toujours.

Gianni fouille encore du regard chaque recoin de la pièce. C'est vite fait : le lit, le coffre, le seau, le broc d'eau, le crucifix, l'ameublement est sommaire.

Pendant combien de temps encore chercheras-tu dans le plaisir la joie parfaite qu'il ne peut te donner ?

Aujourd'hui, elle dirait : *T'en as pas marre de te bourrer la gueule et d'aller à la pêche aux likes sur Insta au lieu de t'intéresser à ce qui en vaut la peine ?*

– Me voilà fou, dit Gianni.

Pas faux. Mais pas nouveau non plus. *La Voix* lui fournit aussitôt une réponse.

Peut-être que tu es fou en effet, ou peut-être que tu deviens sage.

Vaincu, Gianni se résout à converser.

– Puisque tu sais tout, indique-moi le chemin de la joie parfaite.

La joie parfaite, je suppose que c'est pour lui le synonyme de béatitude, d'extase, de sérénité, un style de bonheur qui n'est pas remis en question par les coups durs ou la lassitude.

Rentre, je te dirai ce que tu dois faire.

– Qui es-tu pour me dire ce que je dois faire ?

Je suis Celui qui est.

Ce qui s'appelle rabattre le caquet.

Gianni l'a bien cherché. Son regard effleure à nouveau le crucifix. Une voix sans corps qui parle et lit vos pensées, tout le monde sait que c'est impossible. Elle lui demande en outre de faire des choses épouvantables : renoncer à la carrière de chevalier alors qu'elle n'a pas encore commencé et rentrer chez lui quelques jours après être parti, la honte…

– Je ne peux pas rentrer maintenant, gémit-il. Je serais la risée de tous.

Alors, tu transcenderas ta honte en joie, ce sera le premier pas vers la joie parfaite.

Vaincu avant d'avoir combattu. L'inanité de son aspiration chevaleresque l'assaille.

Rentre, je te dirai ce que tu dois faire…

J'imagine que c'est de cette manière que la lumière vient aux mathématiciens ou aux physiciens. Quand au bout des choses, épuisés, désespérés d'eux-mêmes, une intuition, un éclat de pensée se faufile… Sauf qu'eux sont fous de joie quand ça leur arrive, tandis que *Rentre, je te dirai ce que tu dois faire* risquait d'être un peu violent. Pour tout le monde.

Gianni se rassure : la suite ne peut être qu'intéressante quand une voix venue de nulle part vous la souffle.

Dehors, le jour dormait encore, paisible.

Enveloppée de nuit, une chouette hululait. Prudence. Les chouettes ne dédaignent pas croquer un papillon de nuit.

Je n'avais plus de raison de m'attarder.

« Deviens qui tu es ! Fais ce que toi seul peux faire. »
Friedrich Nietzsche, *Ainsi parlait Zarathoustra*

Mesures-tu, Masha, la démesure et le culot de ce fils à papa ? Il faut quand même une sacrée dose de confiance en soi pour affronter un truc pareil sans vaciller. J'ai beau l'admirer, ça n'empêche pas la lucidité.

Cette voix qui lui dicte de renoncer, tu y crois, toi ?

Délire fiévreux ? Mais quand la fièvre tombe, on les remet en question, les délires fiévreux, non ? On les examine, ça les amenuise, on les oublie même parfois.

Et si ce n'était pas un délire fiévreux ? Si c'était plutôt une de ces idées de génie qui viennent aux artistes ?

D'où leur arrivent-elles, ces idées ? Les tableaux qui naissent du pinceau de Turner, les sonates de Schubert, les petites musiques de Mozart, depuis quelle contrée lointaine parviennent-ils jusqu'à ces cerveaux terrestres ?

Je me demande si les chercheurs ont déjà essayé d'étudier post mortem les gènes d'un génie. Et s'ils existent, pourquoi se retrouvent-ils dans un cerveau plutôt que dans un autre ? Le hasard ? Les scientifiques qui prononcent ce mot-là me font toujours penser aux joueurs qui brandissent un joker. Pourquoi ne se transmettent-ils pas, ces gènes ? Ce sont quand même des choses qui se font chez les gènes, non ?

Conscient qu'il ferait bien de passer un peu plus inaperçu que le jour de son départ, Gianni brade cheval, armure, manteau et bouclier sur le chemin du retour. Pas de quoi racheter une ferme, c'est sûr. Il troque aussi ses vêtements contre d'autres, moins voyants.

Et il rentre chez lui. Habité par une confiance inébranlable en son destin. D'autant plus inébranlable qu'il a désormais l'assurance d'être guidé. *La Voix* – celle de Dieu, forcément, ou d'un des messagers du style ange Gabriel, le préposé aux annonces, lui a parlé. Le voilà adoubé. Pas chevalier, mais ce n'est pas grave. Bientôt *la Voix* lui donnera des précisions et lui dira à quoi il est destiné, il n'en doute pas.

Je n'ai pas pu résister à l'envie d'assister à la colère paternelle pour contempler la certitude tranquille que lui oppose Gianni. Son aplomb m'époustoufle, je me contenterais de la moitié et de comprendre où il puise sa source.

Je shifte en servante. Les Bernardone en ont autant, sinon plus, que les Offreducio et je sais à quoi ressemblent deux d'entre elles pour les avoir vues devant la boutique lors de mes premières incursions. La plus jeune, Silvana, a l'air d'en pincer pour Gianni – qui n'en pince pas pour lui ? En plus, elle est ravissante, elle a donc plus de chances qu'il s'en aperçoive.

C'est elle, ma cible.

Ça transpire le luxe, chez les Bernardone : murs tendus de velours tantôt vert, tantôt rouge, tapisserie représentant une femme assise près d'un cerf dans la forêt, cheminée immense où le feu danse, crédence sculptée, vaste lustre circulaire en bronze… ou en fer.

Opulence et ostentation.

Tout le monde est là pour l'accueillir, parents, frères, sœurs, plus quelques servantes dont je suis et qui ont trouvé un prétexte pour se trouver dans la salle commune ou derrière les rideaux qui servent de porte. Personne ne veut louper l'engueulade. Il est évident pour tout le monde que cette fois, Gianni ne va pas y couper.

Pica dissimule mal son émotion : voir son fils de retour sain et sauf efface à ses yeux tous les reproches qui pourraient naître.

Pietro Bernardone, loin d'être aussi magnanime, sert à son rejeton une colère volcanique.

– Comment peut-on être aussi léger ? Tu te rends compte que j'ai vendu une ferme ?!!!

Gianni, à peine penaud, lui tend la bourse contenant l'argent de la vente du cheval – heureux cheval qui a échappé provisoirement au champ de bataille – et de l'armure, croyant l'apaiser. C'est le contraire qui se produit. Bernardone n'est pas loin de l'apoplexie – je crois qu'aujourd'hui on dirait plutôt AVC, je n'en suis pas sûre. Du coup, c'est peut-être un peu excessif de dire qu'il n'en est pas loin, mais comme tout est excessif dans l'histoire de Gianni…

Je – Silvana garde mon sérieux, et fais mine de ne pas écouter en astiquant un récipient en cuivre. Une joie secrète m'envahit dont je m'efforce de ne rien laisser paraître.

L'expression candide, à la limite de l'idiotie, de l'homme qui me plaît, face à celle, sanguine, de son géniteur, vaut son pesant de contemplation. Difficile de savoir si Gianni fait seulement semblant de ne pas comprendre ou s'il est réellement perplexe de voir ses agissements déclencher une telle tempête.

Quoi ? C'est juste de l'argent, nous en avons tellement.

– Tu vas me rembourser ! vocifère le daron.

– Mais oui bien sûr, répond le fils prodigue.

– Tu te rends compte qu'il va te falloir…

Là, Bernardone marque une pause pour se livrer au calcul. Plus rien ne respire, une mouche se pose sur son nez, il l'écrase, *shlac* ! Contente de ne pas avoir shifté en mouche.

– … presque huit ans pour venir à bout de ta dette ! annonce Bernardone.

Gianni se contente d'opiner, un peu estomaqué.

Ah oui, quand même… semble-t-il se dire.

– Et pour l'argent de poche ? ose-t-il néanmoins, sans se démonter.

Les yeux exorbités, la manne rugit :

– On va dire un an de plus pour l'argent de poche ! Mais je te compterai tout, tu m'entends ? Plus rien n'est gratuit à partir de maintenant ! Ma patience est à bout. Sans compter que je vais être la risée de la ville à cause de tes… tes lubies ! J'ai l'impression que tu ne te rends pas bien compte qu'il y va de mon commerce, de NOTRE commerce, puisque te voilà revenu !

Angelo, le mal-aimé, jubile. Un sourire léger et un peu sarcastique lui étire les lèvres.

Gianni, lui, ne semble pas affecté outre mesure. Paraît même soulagé d'être parvenu à un compromis.

Bon, voilà, c'est réglé, pense-t-il sans doute, ravi de voir se dissiper l'insignifiant problème.

J'ai beaucoup de mal à m'empêcher de rire, surtout quand Gianni s'en aperçoit et me cligne de l'œil.

Le feu me monte aux joues.

– Commence par aller t'habiller correctement et rejoins-moi dans la boutique ! lui dit son père. Et profites-en pour réfléchir à une explication honorable quand les clients nous demanderons ce qu'il t'est arrivé… Angelo, tu viens avec moi. Il y a des étoffes à replier !

Le mal-aimé emboîte le pas du père, docile, après avoir fait à son frère un signe qui ressemble à un doigt d'honneur. Gianni hausse les épaules et disparaît dans l'escalier qui mène à l'étage.

Je meurs d'envie de le suivre, mais Silvana n'a aucune raison valable de le faire.

Dans un jeu vidéo ou une série, on n'a pas affaire à des vrais gens, modifier le déroulé de l'histoire est donc sans conséquence. Mais Silvana est une personne qui existe, qui a existé.

Comme je suppose, comme j'espère même, qu'il pourrait y avoir des conséquences à mes actes shiftés, je ne veux pas risquer de mettre en péril le gagne-pain d'une servante pour mon seul plaisir. Silvana finira de faire reluire cette fichue marmite, voilà tout.

Je m'éjecte.

En attendant que *la Voix* lui en dise plus long sur ce qu'elle attend de lui, Gianni suit son cours presque paisible. Il bosse pour rembourser ses dettes et fait la fête le week-end. Comme tout le monde. Grâce à l'argent de poche qu'il a négocié, il rassemble à nouveau ses potes chez Paul, ravi qu'il soit rentré si vite.

Il est parti au front comme un seigneur, revient quelques jours plus tard sans le moindre fait d'armes ni blessure pour justifier son retour, et alors ? Que la honte aille au diable !

Il faut de l'assurance pour assumer ça tranquillement, il faut du panache aussi, et ni l'une ni l'autre ne font défaut à Gianni. Il est toujours aussi fantasque, imprévisible, facétieux.

Quintavalle se moque un peu, très peu et très gentiment, quand Gianni lui parle, en aparté, de *la Voix*. Bernardo l'écoute, ne doute presque pas de la véracité de son récit. Et si la pensée l'effleure – elle en effleurera plus d'un et d'une – que la fièvre pourrait être une explication, l'émotion de son ami est trop forte pour qu'il la rabroue. En outre, Bernardo est touché d'être un des rares dépositaires de la confidence, sinon le seul. Il sait que Gianni aime trop qu'on l'admire pour s'exposer à la risée en propageant des fables.

Ce qu'il raconte doit donc être vrai.

Pour les autres, les moins proches, pour son public qui lui a demandé pourquoi il était rentré si vite, Gianni a presque suivi le conseil de son père. Sauf que pour éviter de mentir, il s'est contenté d'afficher un air mystérieux, digne d'un espion revenant de mission. À ceux qui insistaient, il a rétorqué qu'il ne pouvait pas en parler. Secret-défense.

Rien de tel pour exciter les imaginations. Ça a très bien marché sur les clients de la boutique aussi.

Et le voilà de nouveau communiant dans la fête. Le voilà mangeant, buvant, dansant, chantant, draguant, buvant encore, buvant surtout, buvant beaucoup.

Et quand Paul, fatigué, finit par les mettre dehors, lui et ses amis prennent à regret le chemin du sommeil en faisant maints détours, réveillant au passage les dormeurs par leurs conversations bruyantes d'avinés, vomissant ici ou là, profitant de l'ombre pour oser quelques caresses furtives.

Ils sont jeunes, avides, leur vie doit être ardente ou ne pas être.

Je courais à ma perte, dans l'allégresse.

Un seul être me manquait, me hantait. Je l'apercevais au coin de la rue, dans le parc, à la terrasse d'un café. Ma raison m'assurait que c'était impossible mais j'avais envie de croire à l'incroyable.

J'étais amoureuse. De son regard, de sa voix, de son charme bowiesque. Amoureuse de sa vie qui témoignait de sa difficulté à la vivre, de son audace à la vivre, sans filet et sans brouillon, entre émerveillement et terreur.

Les religions ont utilisé cette terreur et discipliné le mystère, et elles ont tendu leurs filets pour attraper les pécheurs. Elles ont mis *l'infini à la portée des caniches*. L'expression est de Céline qui la rapportait à l'amour. Pauvres caniches. Pauvre amour.

C'est vrai, quand j'ai commencé à shifter, mon quotidien était transfiguré, mais ça n'a pas duré. Ma vie médiévale devenait si intense qu'elle affadissait tout le reste. Plus rien dans ma *réalité* n'arrivait à la cheville de ce que je vivais en shiftant.

Mes nuits étaient beaucoup plus exaltantes que mes jours, et ça commençait à se voir.

Tu t'en es aperçue ?

Je donnais à peine le change, j'attendais la fin des cours et je trouvais un prétexte pour ne pas m'attarder. Mes contemporains ne m'intéressaient plus. Tu étais la seule dont la compagnie ne m'indifférait pas, parvenait même à me mettre un peu de baume au cœur. C'est grâce à toi si je ne suis pas devenue tout à fait étrangère à ma planète et à mon époque.

On faisait parfois un tour dans le parc. Je me réjouissais qu'aucune de nous deux n'éprouve le besoin de meubler le silence avec des futilités. Il nous a toujours suffi de désigner quelque chose du menton ou du regard pour que l'autre acquiesce ou sourie en connivence.

Tu es ma sœur de silence. À l'écrit, je suis plus bavarde, comme tu peux le constater.

Je ne m'étais toujours pas décidée à te parler de Gianni. Un jour où, flairant le pot aux roses de mes réponses évasives, tu m'as demandé si je shiftais toujours dans le même film ou dans la même série, je t'ai répondu d'un air détaché que *Non, bien sûr*. Et pour couper court, j'ai profité qu'on n'était pas loin du métro Place des Fêtes pour t'abandonner sous prétexte que j'avais oublié de prendre mes clefs et qu'il fallait absolument que je rentre avant que mon père s'en aille.

Et j'ai filé.

J'ai filé retrouver Gianni, encouragée par les cloches de l'église Saint-Jean-Baptiste qui sonnaient les sept coups de dix-neuf heures. Ce qu'elles avaient toujours fait, sauf qu'avant je ne les entendais pas, bien que l'église ne soit qu'à six cents mètres de chez moi. Selon la direction du vent, j'entends aussi celles de Notre-Dame-de-Fatima quoique assourdies parce qu'elle est plus loin. Je suis cernée d'églises, ma parole. C'est un complot ?

Le vendredi, je continuais à faire un crochet par celle de Saint-François-d'Assise. C'était le jour où l'organiste répétait. Je gravissais les marches d'autant plus silencieusement que j'avais repéré lesquelles craquaient, et je me tapissais dans l'ombre, discrète. Si discrète qu'il ne se rendait pas tout de suite compte de ma présence. Et quand il me voyait, il esquissait un sourire sans cesser de jouer, comme s'il redoutait de rompre un charme. Il savait que j'allais déguerpir à peine la dernière note envolée. Parfois, j'avais l'impression qu'il prolongeait ses improvisations pour retarder ce moment.

Je rentrais rue des Mignottes, je glanais un truc à grignoter dans la cuisine et je filais dans ma chambre. Si je croisais mes parents, c'était *bonjour-bonsoir* en se regardant à peine.

Du moins, c'était le cas jusqu'à ce que je me mette à sécher des cours un peu trop souvent. Vu que je suis sans doute la dernière personne au monde dont les géniteurs attendaient ce genre de comportement, ils m'ont seulement demandé ce qui m'arrivait.

– Rien. Tout va bien. Je sèche juste les cours sans intérêt.

Mensonge éhonté en plus d'être facile : ils ne me connaissent pas assez pour savoir quand je leur mens. Je crois qu'ils n'ont jamais su ce qu'était un enfant, encore moins un adolescent, et ils ont beau lire tant et plus, ils n'ont pas la moindre notion de psychologie.

– Et tu fais quoi, quand tu sèches les cours, on peut savoir ? Tu vas où ?

– À l'église.

Ça m'amusait de les provoquer en leur faisant une réponse presque plus sincère que mon affirmation précédente.

Mon père a froncé les sourcils et ma mère est restée bouche bée.

J'ai décidé de m'en contenter dans le style preuve d'intérêt. Et si je mourais d'envie d'enfoncer le clou en leur parlant de François d'Assise, je me suis retenue. Je ne pense pas qu'ils m'auraient crue, de toute façon.

– Je blaguais.

– Tu es sûre que ça va ? a demandé ma mère, un peu crispée.

Elle n'aime pas trop mon humour.

– Ben oui, ça va. Je me drogue pas, je bois pas, preuve que ça va, non ? Je shifte, c'est tout.

Re-froncement de sourcils de mon père et petite lueur de curiosité dans le regard de la spécialiste de Rousseau.

Traduction : *Tu nous expliques ?*

Je n'avais rien contre. Pour ce qu'ils allaient en faire…

– Ben voilà : c'est génial en plus d'être gratuit. C'est tellement rare, les trucs gratuits, autant en profiter. D'autant que c'est grave intéressant question… connaissance de soi et… de la vie en général. C'est Socrate qui a dit que c'était bien de se connaître soi-même, non ? Vous devriez essayer. De shifter, je veux dire. Si j'y arrive, y a aucune raison pour que ce soit hors de portée de deux universitaires hyper intelligents.

Ils n'ont pas relevé l'ironie, en vertu de leur méga estime d'eux-mêmes. Dommage qu'ils n'en aient pas refilé un peu à mes gènes.

Dans la foulée, j'ai développé le mode d'emploi à ma mère, qui était la plus attentive des deux.

– Tu t'allonges, tu te détends, tu comptes lentement jusqu'à cent, et si t'es pas partie à cent, tu recommences, et si tu n'y arrives pas, tu recommences encore.

– Auto-hypnose, a-t-elle résumé, rassurée.

Finalement, elle avait quand même quelques notions de psycho.

– Je ne vois pas l'intérêt de perdre son temps avec ces bêtises, elle a ajouté, mais du moment que tu réussis ton bac… Avec mention, si ce n'est pas trop demander. Tu t'es inscrite à Parcoursup, j'espère ?

C'était le moment de soupirer et de lâcher un murmure en guise de réponse qu'elle a pris pour un oui, alors que non. Parcoursup ? Sérieux.

Faudrait déjà que j'aie une idée sur quoi faire de mon avenir. Je n'en ai pas. Je n'ai aucun projet plus lointain que le bout de mon nez. Le monde est trop fragile. Ou alors, c'est moi. Peut-être qu'il n'est pas si fragile et que je m'imagine des choses. Peut-être qu'il faut que je commence par aller au bout de mon nez et après je verrai. Peut-être que rien n'est aussi grave qu'on le pense…

Soulagée d'en avoir fini avec cette parenthèse éducative, ma mère s'est aussitôt replongée dans une thèse sur l'anthropogenèse dans le *Contrat social* de Rousseau.

– Faut vraiment mettre le paquet pour louper son bac aujourd'hui, a soupiré le paternel en guise de commentaire bas de page.

Comme si je n'étais pas là.

Et il a dégainé son portable pour appeler son thésard préféré.

Fin de l'épisode.

Je m'étais à peine fourvoyée en évaluant l'intérêt que ma confidence allait éveiller chez eux : leur inquiétude avait duré une petite vingtaine de minutes.

Je les plains. S'ils avaient tenté de suivre mes conseils, ils seraient peut-être parvenus à discuter avec l'auteur dont ils décortiquent la vie depuis des décennies et leur existence s'en serait trouvée illuminée, ou au minimum chamboulée. En tout cas moins pitoyable : oubliées les chamailles pour savoir qui va sortir la poubelle… Quoique.

J'avais la chance d'être amoureuse de quelqu'un avec qui les poubelles ne seraient jamais un sujet de discussion. Renoncer à la chair serait peut-être le revers de ma médaille. Mais ce n'était pas un renoncement total : la nature nous a fait cadeau d'un si joli petit mécanisme que cinq minutes suffisent à bricoler le feu d'artifice dans le plus grand secret.

Je ne serais pas étonnée que la Clara médiévale y ait eu recours, comme des tas de religieuses avant elle, et après. Certaines l'ont d'ailleurs reconnu et mentionné dans leurs écrits, Sœur Emmanuelle par exemple, pour ne citer qu'elle.

Après tout, c'est un don de Dieu puisqu'Il a tout créé…

« Il ne se sentait pas mûr pour cette solution désespérée qui consiste à adopter un mode de vie normal. »
André Dhôtel

L'étape suivante, c'est le voyage de Gianni à Rome. Pas la porte à côté.

Rome est à cent soixante kilomètres d'Assise, ce qui suppose environ quarante heures à pied, soit une petite semaine à raison de six heures de marche par jour. On gagne du temps à cheval ou en charrette, Google ne précise pas combien. C'est l'occasion de mettre à profit les maths qu'on nous apprend en primaire : compte tenu du fait qu'un cheval court à soixante-dix kilomètres par heure au galop, combien de temps lui faut-il pour… Bon, on ne va pas pouvoir lui faire tenir le galop pendant cent soixante kilomètres non plus, ce serait de la maltraitance.

Disons que ça lui a pris entre trois et cinq jours.

Mais pourquoi Gianni va-t-il à Rome ? Le sait-il lui-même ?

Peut-être espère-t-il que *la Voix* s'adressera plus facilement à lui en ce haut lieu de la chrétienté ?

Parce qu'il est quand même un peu en rade depuis Spolète. *La Voix* lui a dit de rentrer chez lui et qu'une fois là-bas, *Elle* lui dirait quoi faire. Il a eu beau tendre l'oreille, c'est le silence radio absolu. Alors le doute certains jours – surtout les lendemains de fête – lui taraude un peu la confiance.

Oui, même la sienne flanche parfois – dans le style, *Tu vas finir comme tout le monde, marié, avec des gosses, un loyer à payer, un métier normal*, à le faire frémir de dégoût. Il est plus que temps pour lui de faire une pause en s'éloignant d'Assise, ne serait-ce que pour avoir des trucs sympas à raconter en rentrant.

Si je voulais le suivre sur ce périple-là, squatter un volatile paraissait le plus adéquat, mais même les migrateurs sont territoriaux une fois qu'ils ont migré et je me refusais à en obliger un à faire tous ces kilomètres contre sa volonté.

Comme je shiftais avec plus de fluidité, je me suis dit que je pouvais peut-être essayer de le faire en Gianni. Je subodorais que ce n'est pas une chose à faire, de shifter dans quelqu'un dont on est amoureux. J'ai quand même fait deux tentatives qui ont échoué, soit faute de talent, soit parce que certaines limites sont impossibles à franchir.

À supposer que ce soit possible en insistant, resterait à établir un code de déontologie pour éviter de se retrouver dans des situations impossibles, comme faire l'amour avec soi-même… Non, d'accord, c'est idiot, on n'a pas besoin de shifter pour ça. Ou shifter dans celui ou celle qu'on aime, pour vérifier qu'il ou elle est fidèle, ou savoir à quoi il ou elle pense en faisant l'amour ? Tu vois d'ici le pataquès malsain que ça ferait ? D'accord, on oublie.

Donc pas en oiseau ni en Gianni. Restaient les insectes. Sauf que les abeilles et les papillons sont territoriaux aussi. Tout ce petit monde est plus casanier qu'on l'imagine. À force de me triturer les méninges, j'ai fini par trouver : le moustique ! S'ils ont été capables de voyager par bateau pour venir nous pourrir la vie ici, ils pouvaient bien faire une petite virée à Rome. J'ai investi un moustique mâle, pour ne pas être tentée de goûter le sang de Gianni.

*

Oui, parce que seules les femelles piquent, c'est comme ça. Note bien que c'est pour la bonne cause, vu qu'une fois qu'elles se sont accouplées, elles ont besoin de protéines pour donner de meilleures chances à leur progéniture à venir.

Ça fait mal quand même. Mais on peut éviter la piqûre quand on sait qu'elles repèrent les humains grâce au CO_2

qu'ils expirent jusqu'à cinquante mètres autour d'eux. Or les femmes enceintes et les buveurs de bière – tant pis pour eux – en rejettent davantage et se font donc davantage piquer. C'est pire s'ils sont habillés en noir, ou en rouge. Donc l'été, pas de bébé, pas de bière, ni de rouge, ni de noir, c'est simple.

*

1, 2, 3, *et cætera*… et cheveux, et délice… qui dure. Au début, j'ai un peu le tournis parce qu'une avalanche d'images m'assaille, à cause des yeux à facettes. Deux cents à la seconde quand, humaine, je n'en perçois que vingt-quatre ! En plus, ça tangue, parce qu'on marche. Surtout lui. Moi je me pelotonne dans ses cheveux, je vole un peu, et je me re-pelotonne.

Je m'éjecte.

Je reprends, une volée de kilomètres plus loin. Il ne se passe rien quand Gianni dort. Sauf les étoiles.

Jamais encore je n'ai eu l'occasion de regarder les étoiles avec quelqu'un que j'aime, je trouve que c'est un bel objectif de vie. Pas pour un moustique.

Bref je vais, je viens, je shifte, et je déshifte.

On fait du stop, un marchand s'arrête et nous avance sur son chariot. On se délecte de paysages inconnus, le monde palpite aux tempes de Gianni, intense. C'est beau, l'Italie au douzième siècle. Peut-être qu'aujourd'hui aussi.

La ville aux sept collines finit par apparaître, immense. Moins qu'au vingt-et-unième siècle, mais beaucoup plus qu'Assise. Le marchand nous dépose, on marche encore.

Gianni n'a pas remarqué ma présence. Il ne pense qu'à s'émerveiller. Jamais il n'a vu une telle foule de vendeurs ambulants, pèlerins, clochards qui inventent toutes sortes de stratagèmes pour extorquer de l'argent à ceux qui en ont.

La basilique Saint-Pierre n'existe pas encore mais son emplacement est déjà un lieu de pèlerinage parce que c'est là que Néron s'amusait à persécuter les premiers chrétiens dans un cirque. Et parmi eux, Simeon Bar Yonah, dit Pierre, qui y aurait été crucifié la tête en bas – on n'en est pas sûrs.

Il y a une petite construction autour de sa tombe présumée. On n'est pas sûrs non plus que ce soit sa tombe vu que la coutume était plutôt d'incinérer et de jeter dans le Tibre pour éviter que les pèlerins ne rappliquent. Si Néron l'a fait, ça n'a apparemment rien empêché.

Gianni emboîte le pas de la foule qui dépose des offrandes en espèces, sonnantes et trébuchantes comme on dit, sauf qu'elles ne sonnent ni ne trébuchent beaucoup vu que seule la menue monnaie y est jetée.

Mon extrémiste s'indigne : tout le monde est-il donc si pauvre à Rome ?

Et le voilà qui sort la bourse que sa mère lui a donnée en cachette, en échange de sa promesse de ne pas se mettre en danger – la pauvre, je suis pas sûre que *se mettre en danger* ait un sens pour lui – et la déverse dans l'aumônière à grand bruit.

Pour faire honte aux autres pèlerins ? Oui. Et non. Par goût de la démesure surtout. On ne se refait jamais complètement, dit-on. Et le truc de la démesure marche, bien sûr. Ça rameute toujours le chaland, la démesure. Des exclamations admiratives ou indignées fusent. On chuchote, on dévisage.

Qui est ce type, vêtu comme un gueux, qui joue les grands seigneurs ?

Aujourd'hui, on dégainerait les portables et le buzz serait garanti planétaire illico.

L'autre conséquence prévisible, c'est qu'un vrai gueux, ou SDF roublard, ou ce qu'on veut d'autre, se met à nous coller aux basques. Et dès que le monde s'est un peu raréfié autour de nous, il se jette sur Gianni et arrache la bourse qui pendait à sa ceinture. Elle ne contient plus rien, bien sûr.

Gianni sourit au voleur, pantois.

– Je n'ai plus rien, je suis comme toi.

– Bien sûr que non, tu n'es pas comme moi !

Le gueux ne croit pas un mot du bienfaiteur prodigue : aucun déshérité ne se déleste de tout son argent dans un tronc pour l'Église.

Il se lance dans une fouille au corps.

J'en profite pour me dégourdir les ailes, on ne sait jamais. J'ai bien fait. L'agresseur passe la main dans les cheveux qui m'abritaient. Quelle drôle d'idée... Pensait-il que l'or y était caché ?

À la fin, il bredouille, ahuri, et doit se rendre à l'évidence que Gianni ne mentait pas, il n'a plus rien.

Dégoûté, le type s'en va en levant le poing après avoir affublé sa victime de quelques adjectifs du style *boloss*, *cassos*, *what the fuck*...

Maintenant, il faut manger et il n'a plus d'argent.

Boire, c'est facile, l'eau des fontaines est potable à l'époque. Pour la nourriture solide en revanche, c'est plus compliqué. À Rome, Gianni n'a pas la ressource de se présenter à l'office d'une grande maison dont les servantes s'empresseront de lui offrir un peu de pâté ou de pain. On ne le connaît pas ici, il n'a pas encore de groupie, il n'est personne.

En prendre conscience l'inquiète un peu soudain, lui donne un peu envie de rentrer aussi.

Mais ça ne dure pas.

– Il faut que je mange, ça ira mieux après, se murmure-t-il pour s'encourager.

C'est ce que disaient les anciens et que la médecine moderne approuve : bien manger et dormir chasse les humeurs sombres.

C'est pour Gianni l'occasion d'une autre expérience formatrice qu'il n'hésitera pas à infliger à Clara Offreducio par la suite, preuve que ça n'a pas dû être facile pour lui de faire la manche et d'affronter les regards qui condescendent.

Il paraît que la pitié est une forme d'amour. Pas le genre d'amour dont on raffole quand on en est l'objet. Il est plus facile de donner que de recevoir, sauf pour les *rats* – pauvres rats, encore une fois. On dit *les pinces* aujourd'hui, ça doit soulager un peu les rats.

Peut-être Gianni se souvient-il en cet instant du mendiant qu'il a chassé autrefois devant l'étal de son père ?

Il dérangeait la clientèle, ce faquin malodorant. Lourd, en plus, il insistait… Gianni l'avait chassé mais, s'en repentant aussitôt, il lui avait couru après pour lui donner plusieurs pièces d'or. Une aurait suffi, mais *tout ou rien* était déjà son inconsciente devise.

Aujourd'hui, c'est lui qui fait la manche. L'occasion de s'apercevoir que les premiers instants de honte bus, le handicap a muté avantage : puisqu'ici il n'est personne, le qu'en-dira-t-on n'est pas de la partie, ce qui rend la chose plus facile.

Et très vite, il tire parti de son sourire. On a plus de plaisir à donner à un pauvre souriant qu'à un pauvre qui fait la gueule, c'est la vie. *Ce n'était pas si difficile après tout*, paraît-il penser après avoir récolté quelques pièces. Assez pour acheter du pain et un petit pâté de viande.

Ça me donne faim de le voir manger. Le moustique mâle ne buvant pas de sang, il lui faut butiner pour se nourrir. Je m'échappe donc. Pas trop loin, pour ne pas perdre de vue les cheveux de Gianni. Je m'en vais suçoter un peu de sucre sur l'étal d'une marchande de fruits confits, évitant de peu une pichenette qui aurait pu m'être fatale. Dure condition que celle du moustique.

Voilà Gianni repu, moi aussi.

Qu'est-ce qu'on fait là ? Dans cette grande ville où il n'étonne personne, en dehors de quelques pèlerins par ses largesses et d'un malheureux bougre qu'il aurait pu dépanner au lieu de faire aumône à une Église outrageusement riche.

Je lui volette autour. Il me voit, me suit des yeux, j'ose me poser sur le dos de sa main.

Même pas peur d'être piqué. Il me sourit.

Ouiiii ! Il m'a souri, je t'assure qu'il l'a fait ! Les moustiques n'ont peut-être pas de cœur, mais moi qui le squatte, j'en ai un et je te garantis que ça me l'a mis en shaker. En même temps, c'est stylé, non ? Tu imagines un écolo du vingt-et-unième siècle souriant à un moustique ?

Le temps passe vite quand on shifte et les temps morts s'effacent. Ou alors je me suis assoupie. Sur sa main, son épaule, dans ses cheveux ? Réveillée juste à temps pour l'épisode mystique… Parce que ce voyage romain semble n'avoir été qu'un prétexte pour que *la Voix* s'exprime. Cette *Voix* qui l'a empêché de devenir chevalier, de se faire tuer peut-être…

Bien sûr, je savais avant de venir que ça aller arriver, mais lui, Gianni, ne le sait pas…

Il est assis sur les marches du Panthéon et moi de nouveau blottie dans ses cheveux quand *Elle* se met à parler.

Et cette fois, je l'entends.

Ne me demande pas pourquoi, je suis loin d'être une spécialiste en matière angélique. J'ai lu quelque part qu'il suffisait d'une sensibilité partagée pour que plusieurs êtres voient ou entendent la même chose en laissant les autres sur la rive. Je sais, ça n'est pas arrivé la première fois, on va dire que c'est mystérieux, je n'ai pas d'autre explication, il va falloir te contenter de celle-là.

Je ne sais pas d'où parle cette *Voix* mais, énigmatique, elle l'est à peine moins que la fois précédente. En revanche, le message est concis, à défaut d'être clair.

Il t'est facile de mendier. Ce qui compterait vraiment, c'est que tu fasses quelque chose de difficile.

Gianni est aux anges – au sens littéral – et, bien sûr, il est partant pour faire un truc difficile. Ce que *la Voix* veut, il le veut aussi, elle n'a qu'à demander. Il s'agit de ne pas se louper, cette fois.

Je veux que tu répares mon Église, précise *la Voix*.

Le problème c'est que les majuscules ne s'entendent pas à l'oral et que les églises ne manquent pas dans les campagnes médiévales. Et ce n'est pas un pauvre moustique, même squatté par quelqu'une qui a lu l'histoire, qui va pouvoir l'éclairer avec des bzzz bzzz bzzz encore plus indéchiffrables que *la Voix*.

Conséquence soulageante : Gianni n'a pas besoin de rester à Rome, réparer une église, il peut le faire en Ombrie…

Gianni rentre à Assise et fait la tournée des églises, il a besoin d'agir. Il jette vite son dévolu sur celle de San Damiano. Elle n'est pas loin de chez lui, il peut s'y rendre à pied.

Cordon ombilical pas tout à fait tranché ?

Le voilà à nouveau si plein d'enthousiasme que, sans consulter personne, pas même le prêtre qui y officie, il fonce à la boutique paternelle... qu'il dévalise. Pietro Bernardone n'est pas là, ça lui facilite la tâche.

Angelo, outré, tente mollement de s'y opposer avant de réfléchir que si leur père est en colère contre son Francesco adoré, ce sera toujours ça de pris. Il laisse donc son frère s'emparer des plus belles étoffes et courir les revendre à un concurrent. À perte, bien sûr.

J'ai beau ne pas adorer mes parents, je serais incapable de leur faire un truc pareil. Surtout après le coup du cheval et de l'armure. En dépit de l'amour que je porte à Gianni, j'avoue m'être parfois demandé comment ses neurones étaient agencés. Ça devait être une tempête permanente. Je suis sûre que ce garçon aurait été incapable de méditer, il était sans repos.

Sitôt la transaction désastreuse effectuée, Gianni retourne à San Damiano faire son offrande. Je ne veux pas louper la scène. Je shifte en abeille, c'est pratique, discret, plus joli qu'un moustique, plus apprécié aussi.

Je lui voltige autour, d'épaule à cheveux, je me repais de son odeur.

*

Comme beaucoup d'insectes, dont le moustique, l'abeille est pourvue d'yeux à facettes. L'abeille voit flou, mais elle voit beaucoup. En bleu, en vert, en ultraviolet, à trois cent soixante degrés et de façon un peu pixellisée. Comme si ça ne suffisait pas, elle a trois autres yeux plus petits, dont un au sommet de la tête, et des antennes quasi magiques qui lui permettent de toucher, goûter et sentir ! Chouette petit équipement, non ?

*

Le curé de San Damiano est un homme intègre qui, loin de se réjouir de la manne offerte par Gianni, la refuse sans hésiter.

– L'Église veut bien de tes bras mais pas de ton argent, dit-il.

Les desseins de *la Voix* sont décidément bien impénétrables.

– Mes bras ? répète Gianni dépité, mais je ne suis pas maçon ! Avec cet argent, vous pourrez payer un artisan dont c'est le métier !

S'il n'est pas maçon, il a quand même participé à l'édification de la muraille après la prise de Roca Alta, alors il ne doit pas se débrouiller si mal. Il faut croire que ça lui paraît trop éloigné des intentions de *la Voix*.

Il argumente, il est doué pour ça. En vain, cette fois, le prêtre ne veut rien entendre.

C'est bizarre, si on y pense cinq minutes.

Depuis des années, Gianni dilapide la fortune de son père en boissons, vêtements dispendieux et rêves de chevalerie. Personne à Assise et aux alentours ne peut ignorer que les Bernardone sont pétés de thunes. Alors pourquoi ce curé refuse-t-il l'argent qu'un des membres de la famille lui offre aussi gentiment ? En politique, il vaut mieux refuser si on veut rester libre. Mais qu'est-ce que ce jeune Bernardone pourrait bien exiger d'un prêtre, à part une place privilégiée au paradis sans passer par le purgatoire ?

Toujours est-il que l'homme intègre persiste dans son refus.

– Fais attention, tu as une guêpe dans les cheveux, dit-il avant de s'éloigner.

Un gros nul incapable de faire la différence entre une abeille et une guêpe !

Mais un gros nul vertueux, qui s'en retourne balayer le sol sous une fenêtre dont la pierre s'effrite.

Gianni, écœuré, sort et s'assied dans l'herbe pour réfléchir.

Il a dévalisé la boutique en vain, c'est malin ! Ces étoffes, son père en était si fier. Il les avait ramenées de… d'où déjà ? De Picardie ? Oui, le velours venait de Picardie et la soie provenait d'Orient. Elle est arrivée par bateau la semaine dernière. Le concurrent a qui il les a vendues pour la moitié de leur valeur doit se frotter les mains à l'heure qu'il est.

Il n'est pas facile d'obéir à *la Voix*. *Elle* ne pourrait pas être un peu plus claire ?

Je me pose sur sa cuisse, j'ai remarqué que ça le réconfortait que les insectes s'intéressent à lui. Et ça marche. Il m'adresse aussitôt la parole.

Il dit :

– Les hommes sont bizarres…

Ah là là ! Inutile de préciser que je suis tout ce qu'il y a de plus d'accord avec lui, et même davantage en tant qu'abeille qu'on arrosera bientôt de pesticides… enfin, peut-être pas *bientôt*, mais les siècles passent vite quand on shifte.

Gianni ne se morfond jamais longtemps. Déjà il bondit sur ses pieds, retourne dans l'église et arrache presque le balai des mains du prêtre.

– Je vais balayer ! Demain, j'irai acheter des pierres, je ferai ce que vous jugerez bon que je fasse.

Non mais.

C'est avec sa rage qu'il entreprend le dépoussiérage des dalles.

Il n'ose pas retourner chez son père. Devine qu'il est grillé cette fois.

Les huit années de remboursement de sa dette de chevalier éphémère viennent de prendre une sacrée rallonge et il n'a pas avancé d'un pas sur le chemin de la renommée. Il a même parfois l'impression de s'en éloigner, ce qui pourrait être assez désespérant en soi, si le désespoir était son style. Il ne l'est pas. Gianni est un guerrier, fragile, mais un guerrier qui jamais ne renonce.

Une bergerie proche de l'église San Damiano devient son fief provisoire. Il le partage avec les brebis qui étaient là avant lui.

Trois jours plus tard, Pietro Bernardone, rentré de voyage, découvre le forfait du fils prodigue.

Il fonce aussitôt à San Damiano pour le convaincre de rentrer. Il en a plus que sa claque de ses frasques, mais son principal souci est de faire taire le qu'en-dira-t-on. Gianni était son meilleur vendeur, sa vitrine ambulante, il ne fait désormais plus parler de lui que de manière scandaleuse. D'autant plus scandaleuse que tout le monde à Assise le connaît et l'adore, ou le déteste. Il lui coûte désormais beaucoup plus qu'il ne lui rapporte. Il faut que ça cesse, il y va de la réputation de son commerce et de sa famille.

Il frappe à la porte de l'église.

Gianni, qui récure la sacristie, refuse de lui parler. Il n'a rien à lui dire et nulle envie de s'excuser. Et le prêtre le protège, comme il le ferait pour n'importe laquelle de ses ouailles, en empêchant le père d'entrer.

La coupe déborde.

Le daron éconduit galope demander audience à l'évêque. Il fulmine tant qu'il l'obtient.

Il exige que son fils le rembourse et renonce publiquement à ses droits d'héritier. Il insiste sur la honte qui découle de ses égarements, se répand sur une famille honnête. L'évêque finit par se laisser convaincre et lui accorde une convocation publique.

Gianni va devoir se justifier devant tout Assise.

La nouvelle se répand. Ce n'est pas tous les jours qu'il se passe quelque chose d'aussi intéressant, et les occasions de spectacle sont bienvenues, surtout quand il est gratuit. On en frétille d'indignation par avance. L'appétit pour le scandale traverse les siècles avec une allégresse jamais démentie.

Il a beau faire froid en Ombrie en ce mois de février 1206, le jour dit, aucun Assisien ne manque à l'appel, à part quelques malades peut-être, et quelques blasés ?

Nobles, bourgeois, commerçants, artisans, voyageurs, mendiants, tous se délectent à la perspective de voir se confronter les Bernardone, père et fils.

Clara n'a que douze ans. Comme aucun rapprochement avec Gianni ne sera possible en ce moment dramatiquement parfait, je choisis de le vivre à travers elle. Je veux repaître mes sens d'humaine de cette scène que j'ai imaginée magistrale en la lisant. Les perceptions d'un insecte n'y suffiraient pas.

Clara est – je suis – avec sa gouvernante et sa petite sœur qui serre sa poupée contre elle, tant pour la protéger que pour lui tenir chaud.

Il a neigé. Une fine couche blanche couvre la place principale d'Assise et enrobe les branches des marronniers. L'évêque a pris place sur un fauteuil d'apparat. Une douzaine de prélats l'entourent, qui donnent plus de solennité à la scène, cinématographique encore.

Pietro Bernardone se tient debout à la place du plaignant. Pica Bernardone est là aussi bien sûr. Pas au côté de l'accusateur, mais au premier rang des badauds.

Autour d'eux, on murmure, s'agite et glousse. On s'impatiente surtout et on sautille d'un pied sur l'autre pour se réchauffer. Jusqu'au moment où un remous secoue la foule qui s'écarte, telle la mer devant Moïse, et se reforme à mesure qu'une silhouette, tête nue et simplement vêtue, s'avance.

– C'est lui ! C'est lui !

Oui, c'est lui ! Je le vois.

Je frissonne.

Plus tard, je me marierai avec lui…

Qui le pense ? La Clara de douze ans ? Forcément. Ça ne peut pas être moi que le seul mot *mariage* hérisse. Et c'est si candidement romanesque que ça ressemble bien à la ferveur d'une fille de douze ans.

On le houspille, le bouscule.

– Eh Francesco ! Il paraît que t'as ruiné ton père ?

– Il est fou, cinglé, brindezingue, maboul… !

Gianni arrive devant l'évêque qui fait un large geste pour obtenir le silence.

Pietro Bernardone semble impressionné de la tournure prise par les événements dont il est l'instigateur. Sa colère est retombée. Il mesure l'ampleur. Il voulait sauver son honneur, il doit commencer à douter d'avoir pris la bonne décision pour y parvenir.

Gianni, lui, est serein, et quand l'évêque prend la parole, il l'écoute, tandis que son regard caresse le faîtage des bâtiments, les pigeons qui y sont perchés, et les nuages qui flottent dans le ciel d'hiver.

On dirait qu'il ne sent pas le froid.

– Giovanni Francesco Bernardone, nous sommes rassemblés ici à la demande de ton père qui estime que tu t'es mal conduit et que tu dois lui rendre maintenant l'argent que tu lui dois…

Le drapier prend la parole pour faire la liste de la dette. Des exclamations indignées fusent, on se régale.

Beaucoup ne gagneront pas dans leur vie la somme que Gianni a dilapidée. On savait qu'il dépensait sans compter, on n'imaginait pas l'étendue. Quand Bernardone en a terminé avec son énumération, il annonce le résultat de l'addition provoquant un dernier *Oooh !* indigné.

L'évêque se tourne alors vers Gianni.

– Nous t'écoutons, mon fils.

Le public recommence à s'agiter, donne son avis.

– Rends-lui son fric, Francesco !

– Finie la belle vie !

Si une partie de la foule lui est hostile, les filles le dévorent du regard. Des garçons aussi. Tous admirent son audace.

Suspendue à ses lèvres, j'attends qu'il charme son auditoire, mais il fait mieux. Plus inattendu, inouï, théâtral.

Il enlève sa tunique et la jette aux pieds de son père. *Le temps suspend son vol* quand sa chemise et ses chausses s'en vont rejoindre la tunique avec autant de détermination précise.

Et le voilà bientôt nu sur la neige, au sein d'une foule médusée.

Je l'avais lu, je m'y attendais. Mais le voir, mais l'entendre, mais ressentir l'émotion et les ondes d'amour qui flottent autour de lui, de nous, est infiniment plus puissant.

L'histoire ne dit pas s'il a prémédité ce geste. Elle ne dit pas si c'est la neige tombée cette nuit qui l'a inspiré, ou s'il a brillamment improvisé à la dernière minute. Les animateurs télé et autres organisateurs de scandales sont des petits couteaux, comparés. Et cette fois encore, si les portables avaient existé, on l'aurait filmé, mitraillé, et sa renommée aurait été fulgurante, instantanée.

Il a un joli corps que sa maladie n'a pas encore déformé et n'éprouve pas de honte à l'exhiber. Il sourit, il est content de lui, il sait qu'il est en train de frapper fort. Les prudes se détournent. Des murmures se faufilent à travers le silence. Plus personne ne pense à avoir froid.

Gianni ponctue en ramassant la bourse qui contient l'argent dont le prêtre de San Damiano n'a pas voulu, et la lance à la volée sur le tas de ses vêtements, telle une cerise sur un gâteau.

Bernardone, sidéré, est incapable de trouver une réplique à la hauteur de la dramaturgie.

Gianni en profite. Lui sait.

Il parle à la foule, qui ne pense plus du tout à le huer, qui s'est même un peu écartée pour mieux voir.

– Pietro Bernardone n'est plus mon père ! Je suis libre d'aller nu comme le nouveau-né à la rencontre de mon Père véritable ! Oui, je suis fou ! Je suis le fou de Dieu !

Pietro Bernardone n'est plus mon père ! Le pauvre… C'est si violent qu'il est difficile de ne pas compatir un peu, même quand on est dans le camp du fils. La scène est inoubliable. On va se la raconter, s'en souvenir, l'écrire. La beauté de son geste fait définitivement basculer l'existence de Gianni.

L'évêque lui-même est descendu de son piédestal pour le serrer dans ses bras et l'envelopper de sa chape.

– Tu vas prendre froid, mon fils, dit-il.

C'est à demi nu et à demi couvert de pourpre que Gianni adresse à la foule ces derniers mots :

– Je n'ai plus peur désormais, je connais le chemin de la joie parfaite, ce chemin est l'amour.

L'amour dont il se fait le chantre n'est pas de même nature que le mien, mais je fonds, je jubile, je le veux. Je ne suis pas la seule. D'autres regards le caressent. Il faut dire qu'il a une allure folle, nu dans la neige avec ce velours carmin qui flotte sur ses épaules.

Tout un peuple est pris dans le charme.

Pietro Bernardone, l'air un peu idiot, se baisse machinalement pour ramasser la bourse. Il se demande sans doute comment la situation a pu tourner si vite à son désavantage. Pica, les larmes aux yeux, comprend que son Giannino est en train de lui échapper à jamais.

C'est fini.

Le fou de Dieu s'éloigne. En chantant. Le troubadour en lui ne cessera jamais de s'exprimer et son *Père véritable* aime les artistes. Sa silhouette se dilue peu à peu dans la foule.

La gouvernante s'ébroue comme au sortir d'un songe – à croire qu'elle aussi était captive – et prend conscience de notre ébahissement. Catarina, si jeune que c'est sans doute le premier homme qu'elle voit nu. Clara aussi ?

– Allez hop ! Ce n'est pas un spectacle pour les petites filles !

Je-Clara proteste que je ne suis pas une petite fille.

– Moi non plus ! renchérit Catarina du haut de ses neuf ans.

– Vous voilà bien excitées, toutes les deux !

– Un jour, je me marierai avec lui ! dis-je.

– Moi aussi ! dit ma petite sœur.

– Arrêtez de dire des sottises !

– Tais-toi, vieille bique !

C'est moi-Clara qui ai osé ça.

Oui, j'ai traité la gouvernante de vieille bique. La pauvre était outrée. Je ne sais pas quelles ont été les conséquences pour Clara. Privée de dessert ? de sortie ? Enfermée dans sa chambre ? La petite sœur, elle, est demeurée sans voix, estomaquée un peu, réprimant à grand-peine un fou rire.

Je me demande comment on dit *vieille bique* en ombrien.

Les arbres du parc, les chants d'oiseaux et mes escapades régulières pour aller écouter les flots furieux de l'orgue me consolaient un peu de ne pas vivre en permanence dans l'Ombrie du douzième siècle.

J'écoutais les cloches de l'église Saint-Jean-Baptiste égrenant les heures comme un réconfort, une complicité, une approbation. Et le vendredi, je ne ratais aucun de mes rendez-vous avec l'orgue.

J'écoutais les notes couler, limpides, imprimant une cadence à ma respiration et s'enroulant comme une liane autour de ma pensée. Une de ces *auditions privées* m'avait tant bouleversée que j'avais osé rompre la distance qui nous séparait pour demander au brillant interprète le nom du compositeur.

– J'improvisais, m'avait-il répondu.

Je me suis sentie insignifiante devant ce garçon si doué qui paraissait à peine plus âgé que moi.

Tu as dû remarquer, Masha, que je ne loupe pas une occasion de me sentir insignifiante ?

Je l'ai salué d'un furtif mouvement de tête avant de m'enfuir. Mais je n'ai pas déguerpi assez vite pour l'empêcher de me rattraper dans l'escalier et de me proposer son 06.

Ça m'a déconcertée, je devais avoir l'air hésitante, il a insisté.

– S'il te plaît… Je ne te demande pas le tien. Tu m'appelles si tu en as envie et si tu n'en as pas envie, tu ne m'appelles pas.

J'étais touchée qu'il mette les formes, *s'il te plaît, si tu en as envie*. Je n'ai pas eu le cœur de l'envoyer paître. Après tout, c'était moi qui avais commencé à le squatter sans savoir si ça lui plaisait ou non. J'ai rentré son numéro dans mon portable, convaincue que je ne m'en servirais jamais.

Après la scène glorieuse du renoncement familial, Gianni a commencé à parcourir la ville pour quêter pierres et mortier. Il quête aussi de quoi se nourrir puisqu'il n'a plus rien. Il va de porte en porte chez des gens qui l'ont vu il n'y a pas si longtemps, somptueusement vêtu, riche, insouciant. Il a beau être en guenilles, l'insouciance ne l'a pas quitté – peut-être même est-elle plus grande – et son sourire n'a rien perdu de son éclat.

Ce qui ne l'empêche pas de se faire insulter par ceux qui croient à une nouvelle lubie et disent qu'il ne sait plus quoi inventer pour se distraire. Ils disent aussi que c'est facile de jouer les pauvres quand on peut retrouver d'un claquement de doigts le faste de sa vie d'avant. Ce qui est sans doute vrai, et faux à la fois.

La vérité, c'est que si l'horizon est encore flou, Gianni désormais sait qu'il est sur la bonne voie, et rien ne pourrait le faire revenir sur ses pas.

Il guette les signes.

Il a compris que les petits cailloux blancs guident son chemin depuis longtemps…

*

Dès l'enfance, Gianni avait entendu les hommes et les femmes discuter dans la boutique de son père, ou dans l'église, qui était aussi un lieu de palabres où on s'informait des nouvelles du monde.

On y parlait, par exemple, des exaltés qui avaient quitté leur famille pour vivre comme leur messie, allant de ville en village prêcher une vie simple.

Il y avait eu les Frères du Libre-Esprit qui voulaient abolir la propriété.

Il y avait eu Joachim de Flore qui avait écrit un nouvel évangile qui annonçait le règne de la paix et de la joie.

Il y avait Pierre de Vaux, contemporain de Gianni, qui s'était enfui le jour de son mariage pour vivre dans le dénuement après avoir écouté les propos d'un jongleur.

Il était finalement rentré chez lui, penaud, mais ses parents, refusant de lui pardonner le scandale, l'avaient fait vivre le reste de ses jours dans un placard sous l'escalier – comme Harry Potter –, le nourrissant de restes qu'on lui jetait.

Il y avait les cathares, plus radicaux, bien que majoritairement d'origine bourgeoise, qui voulaient eux aussi abolir la propriété et s'opposaient à toute pratique sexuelle sous prétexte que l'Incarnation était la source de tous les maux. Végétariens, et même véganes, certains de ces précurseurs de la cause verte allaient jusqu'à pratiquer le jeûne intégral comme forme de suicide.

Ils étaient nombreux à arpenter les chemins, ces hippies du douzième siècle assoiffés d'amour.

Il est impossible que leurs idées n'aient pas nourri la pensée de Gianni.

« En vérité, celui qui possède peu est d'autant moins possédé : louée soit la petite pauvreté. »
Friedrich Nietzsche, *Ainsi parlait Zarathoustra*

10, 11, 12, 13, 14… swish !

En ce matin de mars 1206, Clara attend, j'attends, le cœur sautillant, derrière la porte entrebâillée de l'office des Offreducio. La petite servante qui ne répondait pas à mes questions balaye le sol avec un drôle de balai en paille. Julia, la plus âgée, épluche des légumes sur la paillasse. Je suis troublée de sentir à quel point elles me sont déjà familières.

Dehors, Gianni se fait malmener par des gosses. Il est à peine couvert alors qu'un froid de loup sévit. Je m'apprête à le héler quand la silhouette massive de Pietro Bernardone se profile au bout de la rue. Il aperçoit tout de suite son fils et ça ne le met pas de bonne humeur de le voir houspillé. Ce qu'on fait à un Bernardone, c'est à lui qu'on le fait, ce n'est pas tolérable. Serrant les poings il fonce vers le petit groupe.

Là, après avoir mis en fuite les gamins, au lieu de prendre la défense de Gianni, il en profite pour lui redire ce qu'il pense de sa conduite et l'agonir d'injures.

– Tu trouves ça intelligent de te donner en spectacle ?!

Il ne digère pas que ce fils, en qui il fondait tant d'espoirs, mendie son pain comme si on l'avait jeté dehors.

– Tu es en train de gâcher ta vie et il faut qu'en plus tu le claironnes, que tu l'affiches ! Tu répands la honte sur toute notre famille, voilà ce que tu fais !

Le qu'en-dira-t-on fait perler des larmes de rage aux cils du drapier.

– Si au moins tu allais faire ça ailleurs ! Je ne sais plus quoi dire à mes clients. On dirait que tu nous punis de quelque chose ! Mais de quoi te plains-tu, Seigneur ?!

Gianni l'écoute sans rien trouver à lui répondre. Il a déjà expliqué tout ce qui était explicable, il n'a rien à ajouter. Il se contente de hausser les épaules pour exprimer sa désolation, c'est comme ça, voilà tout, il n'y peut rien. Ce n'est pas lui qui décide, c'est Dieu.

Le drapier interprète son geste comme du mépris et lui répond par une gifle aussi puissante qu'exaspérée.

Gianni vacille, se redresse, stoïque, un très léger sourire aux lèvres. La rage du drapier est étanchée. On dirait qu'il regrette déjà de s'être laissé aller. Voilà-t-il pas qu'il se donne en spectacle lui aussi. Gêné, il tousse un peu, se prépare à ajouter quelque chose. Renonce, s'éloigne.

L'inspiration lui revenant après quelques pas, il se retourne pour conclure :

– Ne t'avise pas de remettre un pied chez nous, jamais !

Il ne fait que renforcer la détermination de Gianni que chaque nouvelle humiliation conforte. Il y a une certaine jouissance à souffrir pour une cause.

Quand il traverse la rue vers la maison Offreducio où je l'attends, son regard a l'éclat heureux du devoir accompli. Je lui tends le panier que j'ai préparé avec la complicité des servantes : deux tourtes à la viande et aux œufs, un pot de coings confits et du pain.

– C'est trop, dit-il.

– Tu auras plus de temps pour tes pierres…

– Je te remercie de ta gentillesse, petite sœur.

– Pourquoi faut-il que tu mendies ? Pourquoi faut-il que tu te dépouilles de tout ? Si tout le monde faisait comme toi, il n'y aurait plus personne pour faire l'aumône à personne.

– C'est bien raisonné, petite sœur. Mais ne t'inquiète pas, il coulera de l'eau sous les ponts avant que tout le monde se dépouille. Et si ça arrivait… eh bien, je trouverais une solution.

Il rit un peu, content de lui.

J'adore quand il rit. J'adore lire dans son regard qu'il ne se soucie plus de paraître et qu'il en est soulagé, comme agrandi. Je ne me résous pas à le laisser partir. Je voudrais pouvoir le retenir, lui parler longtemps, me rassasier de lui. Je ne shifte hélas pas dans la personne avec qui c'est le plus simple. Les remontrances déjà se faufilent depuis l'office où Julia s'affaire.

– Clara, rentre et ferme cette porte, tu vas nous faire attraper la mort !

– Je te laisse, petite sœur. Ce serait triste si les gens de ta maison mouraient à cause de moi, commente-t-il, moqueur.

– Et toi, tu n'as pas froid ?!

– À peine…

On pouvait mourir d'un rhume à l'époque. Et si j'ai la chance de pouvoir m'éjecter et me soigner, ce n'est le cas de personne ici. Après avoir tiré la porte derrière moi pour que le froid reste où il est, je fais trois pas dans la ruelle glacée.

– Attends ! Avant de partir, dis-moi quels sont tes projets… s'il te plaît !…

Je ne les connais que trop bien, ses projets, mais je veux entendre ses mots à lui. Je ne m'attendais pas à cette réponse :

– Aimer.

– Quelle merveilleuse idée !

J'ai commenté avec trop d'enthousiasme pour qu'il ne le douche pas aussitôt.

– Aimer les arbres, les bêtes, les gens, aimer même ceux qui me crachent au visage parce que tous ont quelque chose à m'apprendre, il faut aimer aussi les jours tristes, il faut apprendre à danser sous la pluie, petite sœur.

La porte de l'office s'est rouverte. C'est la gouvernante, cette fois, qui est sur le seuil.

– Clara ! Rentre immédiatement ! Faudra-t-il que je vienne te chercher ?!

Il faut aimer aussi les jours tristes, petite sœur, il faut apprendre à danser sous la pluie.

J'ai l'âme en feu.

Bientôt, je passerai mon bac et toi aussi, Masha. Est-ce qu'on sera plus avancées quand on l'aura ?

Bientôt, j'aurai passé presque dix-huit ans à écouter des adultes m'expliquer la vie. Dix-huit ans, tu te rends compte ! Ça ne te déprime pas, toi ?

Si je ne compte que ma scolarité, à raison de six ou sept heures par jour, quatre jours et demi par semaine, trente-trois semaines par an, ça fait environ douze mille heures de ma vie à essayer de comprendre à quoi elle rime.

Tout ce temps dévoré pour constater au bout du compte que je suis à peine plus avancée qu'au début.

Tout ce temps cernée de figures d'autorité qui m'ont inculqué chacune une version différente à laquelle elles paraissent croire, ou font semblant. Pour se rassurer ?

Mes parents sont convaincus que la vie est un hasard. Pour eux, c'est une évidence non discutable. Le fait qu'on se pose tous, à un moment ou un autre, la question de savoir si la vie est un hasard est donc un hasard ?

La vision panthéiste du monde n'est pourtant pas moins scientifique. L'idée qu'il n'existe qu'une *substance* qui crée tout à partir d'elle-même et ne cesse jamais de le faire est tout ce qu'il y a de plus vraisemblable.

L'idée que tout est l'Être et que rien n'existe en dehors de Lui ou d'Elle : toi, moi, le chat, la chaise, le ciel, l'autre, tout ce qui est autre, quelle que soit sa consistance ou son apparence, est quantique. Et tellement plus acceptable que la croyance au hasard.

Sacré hasard, ou hasard sacré ? Si commode, si pointu. Trop pour être crédible. Le matérialisme est une hypothèse absurde.

Si on ne peut rien prouver, on pourrait avoir le courage d'accepter que quelque chose nous dépasse. Un *quelque chose* que les Amérindiens appellent le Grand Mystère, Wakan Tanka. Je préfère de loin ce Grand Mystère à la légende qui prétend que Dieu a pris un morceau d'Adam pour fabriquer Ève. Et surtout, je le préfère aux disciples de cette légende qui en profitent pour justifier l'infériorité de la femme, pour décréter ce qui est bien, ce qui est mal, la façon dont il faut se comporter, manger, jeûner, s'habiller, prier, qui en profitent pour imposer des rites tribaux qui, aujourd'hui encore, sont prétextes à s'entretuer.

Sauvagerie sapienne.

Tu as remarqué, Masha, que le mot *Dieu* se genre au masculin dans toutes les langues ? Que les scribes qui ont rédigé les textes dits sacrés étaient des hommes ? Que les prophètes étaient des hommes, et à leur suite les curés, les papes, les imams : super kit d'institutionnalisation du machisme !

Tu ne trouves pas ça étonnant que personne n'ait jamais remis en question ces fichus textes testostéronés ? Parce qu'on ne remet pas en question le best-seller le plus vendu et traduit de tous les temps ? Ça vaudrait le coup de se demander pourquoi l'homme a tellement besoin d'assujettir la femme. Peut-être en a-t-il peur ?

Le panthéisme, c'est l'hypothèse douce : tout devient digne de respect puisque tout est lié. Nos destins s'interpénètrent et tout ce qu'on tue nous tuera tôt ou tard. L'écologie pointe le bout de son aile.

Je t'accorde que ça soulève quelques questions majeures, du style : si tout est l'Être, qu'est-ce qu'on mange ce soir ? LOL.

Gianni se posait ces questions, et il a essayé d'y répondre à une époque où les Chrétiens, passés de minorité persécutée à majorité opprimante, avaient déjà racketté presque tout l'Occident. Au point de faire débuter notre ère le prétendu jour de la naissance du soi-disant Messie ! Une belle réussite, il faut le reconnaître.

Elon Musk aura beau gesticuler, fabriquer des mouflets par dizaines, et bâtir sa résidence secondaire sur Mars, il aura du mal à faire mieux.

Gianni a été bien inspiré d'attraper la fièvre sur la route qui le poussait vers Gaultier de Brienne, je n'ose pas imaginer ce qu'il serait advenu de lui s'il l'avait rejoint.

Le héros qui cheminait de victoire en victoire s'est finalement heurté à la stratégie d'un capitaine germain retranché au sommet du mont Terranova dans le château de Sarno, dont il faisait le siège. Le Germain a envoyé ses troupes de nuit après avoir emmailloté de chiffons les sabots des chevaux, une ruse apparemment répandue mais toujours efficace. Les soldats germains ont descendu dans l'obscurité le sentier menant au campement des assiégeants et les ont tous massacrés.

Grièvement blessé, Brienne était dans un triste état quand le Germain l'a fait rafistoler par son chirurgien, sans anesthésie… ouch ! Et pas par bonté d'âme. Il comptait l'exhiber et lui faire avouer publiquement sa défaite pour rendre sa victoire plus éclatante. Le héros, rechignant à lui faire ce plaisir, a arraché le rafistolage… ouch ! Et il est mort, vaincu mais rebelle.

Plus paisiblement, tandis qu'advenaient ces horreurs, Gianni avait réparé ce qu'il pouvait à San Damiano, et il avait collecté assez de pierres pour que les bonnes volontés qui l'entourent puissent finir le job. Le curé, au début réticent, avait fini par le prendre en amitié.

Il n'était évidemment pas question pour Gianni d'en rester là.

Il avait décidé d'affronter ses peurs. Bien qu'ayant affirmé que l'amour parfait nous en débarrassait, certaines avaient tenu bon. Il lui fallait les surmonter.

Un épisode en particulier l'avait fait fuir autrefois, et une honte tenace résiduelle empoisonnait son âme.

Ça s'était passé au cœur d'un automne qui avait la douceur d'un printemps. Il chevauchait avec des amis parmi les vignes dans le parfum des grappes lourdes de soleil, quand ils avaient aperçu des formes vacillantes derrière la fumée d'un brasier et dans le prolongement d'une sorte de grange. L'odeur de raisin mûr avait cédé la place à celle de la viande grillée. Appétissante au début, mais s'y étaient bientôt mêlés des relents indéfinissables.

À mesure qu'ils approchaient du rideau de fumée, le spectacle se précisait et ils distinguaient plus nettement les silhouettes affairées à alimenter le brasier en y jetant des *choses*… non, pas des *choses* en fait, des corps !

Fichu barbecue !

– Les ladres ! avait crié un des jeunes cavaliers.

La joyeuse troupe avait aussitôt fait demi-tour, l'occasion d'un galop mi-terrifié, mi-joyeux, et finalement soulagé. Comme on peut l'être quand on vient d'échapper à un danger.

*

La lèpre est une maladie qui fait pourrir la chair à petit feu et dont on ne guérissait pas.

Le coupable est un petit bacille qui voyage dans les gouttelettes échappées du nez et de la bouche des malades – comme les virus de la grippe ou du Covid –, hyper contagieux, et qui navigue d'hôte en hôte. Une fois qu'il a emménagé, il visite toute l'installation, couvrant peu à peu le corps et le visage de plaies répugnantes et malodorantes.

Le seul moyen d'éviter la contamination était d'éloigner les malades qu'on parquait à l'écart des villes dans les maladreries, ou léproseries. Ils avaient le droit d'en sortir à condition de signaler leur passage à l'aide de clochettes ou de crécelles pour que les gens s'écartent. Le désarroi de devoir abandonner leurs proches pour ne pas les contaminer et leur infliger le spectacle de leur monstruosité – ils finissaient par être méconnaissables – s'ajoutait à leurs souffrances.

Seuls des moines leur rendaient visite pour les fournir en infusions de plantes et onguents.

Aujourd'hui, la lèpre est devenue rare et on parvient à la soigner par chimiothérapie. Pas emballant emballant, mais un peu rassurant quand même.

1, 2, 3… 31, 32, 33…

Je me concentre sur Gianni, son odeur, j'atterris… dans ses cheveux.

Ni abeille ni moustique, je vole, et le paysage est aussi bizarre que si je le voyais à travers un objectif grand angle. Normal, j'ai des yeux à facettes, je commence à m'y habituer. Pourtant, ni moustique ni abeille… je suis mouche !

Je ne me lasse pas de voler, bourdonner, entendre mille fois mieux, perforer, sucer, lécher, avoir six pattes au lieu de quatre. Au début, je trouvais ça embarrassant, jusqu'à ce que je m'aperçoive que je pouvais sentir avec ! Tu imagines : respirer les odeurs avec tes mains ?!

Rufino nous accompagne, c'est le cousin de Clara. Il a beaucoup fait la fête avec Gianni, c'est aussi un de ses compagnons de la première heure.

Un moine bénédictin sort de la grange, un panier sous le bras.

– Qu'est-ce qui vous amène ici, les garçons ?

– Nous voulons aider nos frères malades, répond Gianni.

– Vos frères ?

Gianni et Rufino ne portent pas de robe monastique mais de simples vêtements qui auraient d'ailleurs bien besoin d'être lavés. Le moine est donc un peu incrédule. En revanche, il n'a rien contre une aide qu'on lui propose si rarement.

– Allez-y.

– Quel est le plus malade ?

Même dans la vertu, Gianni vise l'exploit.

Saul de Tarse, dit Paul, prétend dans l'Apocalypse que Dieu vomit les tièdes. Ça semble être une opinion personnelle de l'*auteur* – comme pas mal d'autres choses dans ce big best-seller – plutôt que celle d'un Dieu miséricordieux. Quand ce serait vrai, Il ne risque pas de vomir Gianni, qui est tout sauf tiède.

L'ennui de shifter en insecte est toujours le même : on ne me comprend pas quand je parle.

L'avantage est toujours le même aussi : je peux me poser sur l'épaule de Gianni, sur ses cheveux, sa peau... miam ! Sa peau, salée un peu à la racine des cheveux et à la commissure des lèvres.

Ça le chatouille, il me chasse, machinalement ! J'y retourne aussitôt, comme font les mouches. Il m'écarte encore d'une chiquenaude. Ce n'est pas son style pourtant. Il n'aime pas ses sœurs les mouches ?

Shit !

D'accord, je vais me contenter des cheveux.

– Il en est un que plus personne n'ose côtoyer, dit le moine. Les autres craignent de contempler leur avenir en le regardant. Je ne sais pas s'il vous laissera l'approcher. Il est tout au fond à gauche, on l'appelle Dino.

Une mission difficile : rien ne pouvait autant réjouir Gianni qui s'introduit aussitôt dans la grange, suivi par un Rufino moins enthousiaste.

À l'intérieur, seules des taches de lumière filtrent par les ouvertures pratiquées dans la pierre, insuffisantes à dissiper tout à fait l'obscurité. Mon regard s'habituant à la pénombre, je finis par distinguer les silhouettes allongées ou assises le long des parois. Je suis loin d'être le seul diptère ici, des nuées de consœurs s'affairent et bourdonnent.

Gianni prend un pot dans le coffre à onguents. Je ne résiste pas à y goûter. La pâte est résineuse, miellée, grasse, un peu amère, sans intérêt. Je retourne me planquer dans les cheveux, pas lavés depuis un moment, un nectar.

On s'arrête devant un tas de chiffons rencogné dans la pénombre.

– Où est Dino ?

Le tas de chiffons grogne mais ne répond pas tout de suite. Gianni est sur le point de s'en détourner quand une voix rauque s'élève.

– Qu'est-ce que tu lui veux, à Dino ?

– L'aider.

– Et comment pourrais-tu l'aider ?

Le tas de chiffons parle de lui à la troisième personne comme pour se désolidariser de ce qu'il est devenu.

Il y a longtemps qu'on ne s'est pas intéressé à lui, longtemps que rien de nouveau ne lui est arrivé. Rien, depuis que cette saleté de maladie le dévore, l'obligeant à renoncer chaque jour un peu plus à la vie.

Il finit par se déplier et émerger de l'ombre.

Son visage n'est que plaie, il lui manque un fragment de nez. Si le bénédictin n'avait pas parlé de lui au masculin, il serait impossible de savoir s'il est homme ou femme, jeune ou vieux. Il disparaît sous la morsure de la lèpre. Quel genre d'homme était-il avant ? Peut-être était-il beau, riche, aimé, père de famille ? Désormais, il n'est plus personne. Juste Dino. Même pas sûr que ce soit son vrai nom.

Gianni est un peu ébranlé.

Il dit :

– Dis-moi ce que tu attends de moi, je le ferai.

Courageux. Imprudent. *Gianniesque.*

Dino fait encore un pas vers nous. Son odeur est une des plus pestilentielles qu'il m'ait été donné de respirer.

Seule une mouche peut y résister… trouver ça délectable, même. Gianni n'a pas cette chance.

Dino le sait et s'offre le plaisir de la provocation.

– Lave-moi !

Si, en entendant ces mots, Rufino n'est pas loin de tourner de l'œil, il en faudrait davantage pour venir à bout de la détermination de Gianni. Quelle meilleure occasion de racheter sa honte ? S'il fait demi-tour, c'est pour demander au moine la permission de prendre un peu de l'eau qui frémit dans un chaudron pendu dans l'âtre.

Voilà bientôt Dino assis, nu, dans un baquet. Les autres malades s'approchent.

Quelqu'un reconnaît Gianni. Très vite, il se chuchote que c'est le fou qui a renié son père en place publique pour l'amour de Dieu.

Et s'il était capable lui aussi de faire des miracles ?

À deux doigts de défaillir, Rufino, qui les a entendus, leur assure que non, inutile d'espérer, son ami n'est pas thaumaturge, du moins pas encore. Il est charitable, ce qui n'est pas mal déjà.

Les ladres ne l'écoutent pas, ils observent Gianni qui lave les épaules de leur camarade, lentement. Ils l'envient peut-être. Dino gémit, de douleur un peu, de bien-être aussi. Il y a si longtemps que personne ne l'a plus touché. Sa chair à vif se teinte de rose à mesure que les croûtes ramollies par l'eau tiède s'en détachent.

Rufino vomit.

Ça déclenche quelques rires.

Mouche, je suis plus à l'aise. Je m'éclate même en butinant tout ce qui est butinable. Je me joins à un petit groupe qui grignote un truc délicieux que je n'identifie pas tout de suite. C'est piquant, corsé, intense, acidulé… j'ai besoin de quelques bouchées supplémentaires avant de réaliser que je mâche une des croûtes tombées du corps de Dino.

Éjectée, j'ai gardé de longues minutes le goût devenu immonde à mon palais d'humaine. Je me suis rincé la bouche, j'ai recraché, j'ai rincé encore avec du jus de citron, recraché. Même le citron semblait avoir un drôle de goût.

Regarder Gianni vaincre sa peur a été pour moi l'occasion d'une leçon de philosophie pratique : le plaisir est relatif. Ce qui est une abomination pour moi peut être un délice pour un autre. Une autre : une mouche.

« Dans cet être de Dieu où Dieu est au-dessus de tout être et de toute distinction, j'étais moi-même, je me voulais moi-même, je me connaissais moi-même voulant créer l'homme que je suis. Et c'est pourquoi je suis la cause de moi-même selon mon être qui est éternel, mais non pas selon mon devenir qui est temporel. »

Eckhart von Hochheim[3]

Et si j'avais attrapé cette saleté de lèpre ? Et si j'allais la refiler à mes parents, à toi, à tout le lycée ?

Et si je devenais responsable d'une nouvelle épidémie qui obligerait tout le monde à s'enfermer ?

La plupart des shifteurs voyagent dans des mondes imaginaires et ne courent donc aucun risque d'être infectés,

---

3. Plus couramment appelé Maître Eckhart (1260-1328) : moine dominicain d'origine allemande, dénoncé à l'Inquisition. Mort pendant son procès. Sa pensée a beaucoup inspiré Carl Gustav Jung.

ou blessés, ou pire. Tout ce qu'ils risquent, c'est de perdre contact avec la réalité. Bien sûr, ce n'est pas anodin, et j'étais bien consciente que ça me guettait aussi, mais j'avais l'impression de maîtriser.

Ce qui m'inquiétait en revanche, c'était de ne pas savoir si on pouvait tomber malade en shiftant. Je n'avais rien trouvé en googlant et je n'osais pas te poser la question puisque ça impliquait que je te déroule tout le fil. Dans le doute, j'ai décidé de sécher les cours un moment. Je t'ai même envoyé un message pour te dire que j'avais un genre de rhume, tu dois t'en souvenir.

À l'appui de mon inquiétude, je ne sais pas si c'était d'avoir mangé ces saloperies lépreuses qui faussait mes perceptions, mais le lendemain, il m'est arrivé un autre truc inquiétant : je me suis retrouvée tourterelle volant autour de la bergerie de San Damiano sans avoir fait quoi que ce soit pour shifter ! J'ai eu beau prendre mes pensées à rebours, je ne me revoyais pas visualisant, ou comptant.

Shifter sans le faire exprès, c'est possible ? C'était peut-être la fatigue qui m'empêchait de discerner la frontière ?

Ça me perturbait tellement que j'ai laissé passer la nuit sans shifter, et ça ne s'est pas reproduit à mon insu.

J'étais presque rassurée. De toute façon, à ce stade, m'abstenir durablement de shifter n'était pas le genre de résolution que j'aurais pu tenir. J'étais comme l'alcoolique qui sait qu'il devrait cesser de boire, qu'il y va de sa santé, mais sa soif d'ivresse est telle qu'il craque.

Ma tentative suivante s'est faite en renard. Goupil, comme on l'a appelé jusqu'à la fin du douzième siècle, avant qu'il devienne le héros d'un roman. J'avais d'abord pensé à un chien, mais le goût de l'expérience sauvage l'a emporté.

*

Renard, vient de Renart, le prénom du héros du Roman de Renart… *qui était un goupil.*

Le goupil glapit et jappe, c'est un canidé. Pas plus que son cousin le chien, il ne distingue le rouge et le vert. Comme lui, il est myope et presbyte. En revanche, les deux voient bien mieux que l'humain la nuit, et plus large. Ils entendent mieux aussi, et leur odorat est beaucoup plus puissant.

Pas difficile de faire mieux que l'humain, qui est un véritable handicapé des sens. C'est pour y remédier qu'il a inventé les lentilles, les microscopes, les télescopes, les amplis, les caméras à infrarouge… mais il n'existe pas encore de prothèses pour sentir plus fort.

Au Moyen Âge, on ne raffolait pas de la mignonnerie du goupil. Il pouvait transmettre la rage, il le peut toujours, mais aujourd'hui, il y a des vaccins.

En chassant les rats, souris, mulots et autres rongeurs, il rendait service aux fermiers. Le problème, c'est qu'il ne dédaignait pas de mettre les poules à son menu. Personne n'est parfait.

Il est encore aujourd'hui la bête noire des chasseurs qui lui reprochent son appétit pour les lapins, perdrix et autres petits gibiers… qu'ils préfèrent tuer eux-mêmes.

La lèpre, la rage, j'étais une vraie petite kamikaze, tu ne trouves pas ? Mon envie de sensations nouvelles surpassait ma peur, surpassait tout. Peut-être que je devrais me lancer dans l'écriture du *Shifting pour les nuls*, ça pourrait être le premier vrai but de ma vie…

1, 2, 3, 4, 5, 6…

Le crépuscule est un moment idéal pour les renards hasardés en ville : les humains sont à table et quand ils mangent, ils pensent rarement à tuer autre chose que ce qui gît déjà dans leur assiette.

Renarde, je suis aussitôt assaillie d'odeurs de nourriture, de feuillages, d'ordures, de déjections animales, c'est un tout nouvel univers qui s'offre à moi.

Je trotte dans des rues désertes en tâchant de résister aux fumets de viande à la broche qui m'affolent la truffe. Comme si je n'étais pas déjà naturellement portée aux expériences culinaires, il faut que je tombe sur une renarde affamée. Je loupe de peu un pigeon unijambiste, et peut-être sourd aussi, qui ne m'a pas entendue m'approcher. J'y aurai bien goûté, faute de grillade, mais il s'est échappé d'un coup d'aile.

Je grenouille du côté de chez Paul, puis sur la grand-place, puis sur la route de San Damiano.

Je me sens comme chez moi à Assise maintenant.

Je finis par trouver Gianni, assis sur le bord d'une fontaine où il contemple son reflet.

Sachant qu'on peut l'approcher sans crainte, je saute sur la margelle où je m'assieds, fesses et coussinets bien calés sur le minéral humide, vibrisses aux aguets.

En réalité, Gianni ne contemplait pas son reflet, il regardait l'eau, ou plutôt, il ne regardait rien.

Et quand, levant les yeux, il me voit, il sourit. Il semble comme égaré. Ébloui. Et je me rends compte à quel point j'ai été bien inspirée de shifter encagée dans une renarde, parce que c'est un des rares êtres vivants capables de recevoir sa confidence en cet instant.

– J'aimerais tant partager ce qui vient de m'arriver, murmure-t-il. Mais qui pourrait comprendre ?

Certains parlent à Dieu, d'autres à leurs animaux domestiques. Gianni parle à un renard. Des siècles plus tard, un écrivain aviateur en fera l'ami d'un petit prince.

– J'étais… je me reposais, j'essayais de m'assoupir quand j'ai eu soudain l'impression de tomber dans un puits sans fond, à une vitesse… vertigineuse !

Je penche ma tête de renarde pour l'inciter à poursuivre. Il poursuit. Il raconte comment il s'est trouvé enveloppé de lumière et flottant, béat, dans un tunnel tiède.

– … Il n'y avait plus d'avant, ni d'après, ni d'ailleurs, il n'y avait plus rien !

Il tente de mettre des mots sur l'indicible, le Rien.

– Seule demeurait la sensation d'être, de pulser au rythme de l'univers, une pulsation gigantesque… Non, ce n'était pas tout à fait ça… Il n'y avait plus rien et pourtant, tout était là, au même moment, dans le même instant, tout : présent, passé, futur, guerre, paix, tous les possibles, toi, moi, toutes les versions de moi, de nous, jeunes, vieux, en même temps, dans une sorte de présent gigantesque… C'est presque ça… Mais pas tout à fait ça non plus. J'essaie de mettre l'indicible en mots, petit goupil… comme si les mots t'importaient. Aucun mot, vois-tu, n'est assez fort pour décrire *la réalité*. Il me semble même qu'elle s'échappe à mesure que j'essaye de l'emprisonner dans les mots humains et les pensées humaines… Tout avait l'air tellement plus réel que… ça.

Il déploie les bras pour englober le *ça* : le paysage qui nous entoure, la ville, la fontaine, les arbres, moi, lui.

Et poursuit.

– À présent, j'ai la certitude que tout a un sens et que nous existons pour l'éternité. Oh ! Ce n'est pas rassurant du tout si on y réfléchit, mais quand j'étais de *l'autre côté*, ça m'emplissait d'allégresse, ça me comblait. La moindre fleur, le moindre morceau de nourriture dans ma bouche, le moindre pépiement d'oiseau m'enivrait, et me rassasiait. Tu me comprends avec ta petite tête de goupil ? Mais peut-être sais-tu déjà ces choses mieux que les hommes ? J'ai vu, j'ai senti sans l'ombre d'un doute que tous les vivants, hommes, animaux, arbres, montagnes, mers, étoiles, tous sont pétris d'une même substance, tous sont liés. J'ai compris que la haine, la guerre, le mensonge sont de l'amour blessé, la tyrannie, la jalousie, la tristesse, de l'amour imparfait. J'ai compris que l'unique vérité est l'amour. Tout m'a été révélé, petit frère, et c'était si vaste que j'ai cru que la leçon durait des jours… Le croiras-tu ? J'ai entendu sonner les matines en *rentrant*, il ne s'était pas écoulé plus de quelques respirations durant le temps qu'on m'a enseigné !

Il fait une pause, comme essoufflé, et toujours bouleversé, même s'il est un peu soulagé de s'être confié.

Bien sûr, elle ne comprend pas, la renarde, mais elle devine la bienveillance de celui qui se confie.

Et moi, je suis en elle, à boire les mots de l'homme que j'aime, à l'écouter affirmer que l'unique vérité, c'est l'amour, et je pense au Grand Mystère, et je ruisselle de joie.

– De l'autre côté du miroir, tout est parfait, dit-il encore. Ce qui se passe ici n'est qu'un reflet.

Il prend le temps d'un nouveau silence.

– Qui pourrait comprendre ? *La réalité* est à la fois si simple et si gigantesque. Tellement qu'elle ferait peur si on pouvait la raconter. Il faut bien accepter l'à-peu-près, puisque les sens qui nous révèlent l'univers nous empêchent aussi de nous y sentir reliés.

Il soupire et dit :

– Toi, tu comprends, petit frère ?

Oui, je comprends mais je suis une renarde, je suis une fille ! je lui jappe.

Il interprète ma réponse comme un *Oui*.

Il dit :

– Je faisais fausse route. La gloire, c'est de la poudre aux yeux, la richesse aussi, elles n'ont jamais rendu personne heureux. Seul l'amour donne la joie parfaite.

Ouah ! Ou *Ouaf !* Exclamation ou jappement, ou les deux.

Si la renarde me laisse la guider, je peux la forcer à s'approcher un peu.

Une patte, puis une autre… là… maintenant, je peux la faire glapir doucement, si doucement qu'on croirait un murmure, un mot doux. Je peux regarder Gianni dans les yeux, l'espace de deux secondes sauvages… juste le temps de voir la gratitude envahir son regard.

Je n'exige pas davantage de la pauvre renarde. Effrayée, elle s'enfuit.

Et m'éjecte, le cœur en pagaille.

Aucun biographe ne mentionne l'épisode mystique. Les plus audacieux hasardent le mot *trouble*, suggérant un état second consécutif à une soirée arrosée.

J'imagine plutôt Gianni au bout des choses, exténué. J'imagine que depuis des nuits, il dormait à peine et que son cerveau s'embrumait, il avait l'impression de ne plus rien comprendre.

Certains mystiques qui ont vécu ce genre de phénomène l'ont décrit aussi *clairement* qu'ils l'ont pu[4].

Au cours des trente dernières années, les scientifiques se sont penchés sur cette expansion de la conscience qu'ils ont baptisée NDE pour *near death experience*. EMI en français pour « expérience de mort imminente », parce qu'elle se produit le plus souvent au cours d'opérations où les médecins *perdent* le patient. Elle dure quelques secondes, au plus quelques minutes pour ceux qui y assistent, elle est sans limite temporelle pour celui à qui elle advient. Certains n'en reviennent pas, mais ceux qui reviennent…

Très bizarrement, c'est par ma mère que j'en avais entendu parler.

---

4. Par exemple, Jacob Böhme (1575-1624).

Parmi toutes les thèses et documents plus ou moins perchés dont elle et mon père sont destinataires, elle était tombée sur le rapport d'un médecin anesthésiste à qui certains patients avaient raconté leur EMI.

Ça n'a tellement rien à voir avec Rousseau que je me demande pourquoi elle a lu ça. Toujours est-il qu'elle était troublée – le médecin qui avait recueilli les témoignages l'était aussi –, et qu'elle en avait discuté avec mon père. Elle, d'ordinaire si froide et raisonnable, semblait presque excitée.

J'étais en train de déjeuner dans la cuisine quand je les ai entendus parler pour une fois d'autre chose que de leur travail. J'ai vite cueilli un yaourt dans le réfrigérateur pour me donner contenance, et je les ai rejoints dans le séjour, l'ouïe aux aguets.

– Je me demande quoi en penser, disait ma mère. L'étude est très documentée. Les gens auxquels la chose est arrivée prétendent qu'ils étaient omnipotents et omniscients, ils comprenaient tout, et quand on leur demande de raconter, ils disent que les mots sont impuissants à décrire ce qu'ils ont vécu, tout au plus s'en approchent-ils un peu. Je ne vois pas où ça peut nous mener puisqu'on ne peut rien prouver, mais… c'est troublant, tu ne trouves pas ?

Mon père avait écouté et conclut par *Hum hum*.

Le soir même, après s'être documenté, il avait remis brièvement le truc sur le tapis pour décréter que le phénomène était une propriété de notre cerveau. Une propriété inutile. Plusieurs scientifiques en attestaient. D'autres persistant à penser que c'était *un peu plus compliqué que ça*. Mais sans preuves, ça ne valait pas le coup de s'attarder.

La discussion était close, l'affaire classée.

Intriguée, j'avais fait quelques recherches moi aussi. J'ai découvert que les personnes ayant vécu des arrêts cardiaques ou respiratoires étaient de plus en plus nombreuses à vivre ce type d'expérience grâce à l'amélioration des techniques de réanimation. Un état d'extrême fatigue peut aussi la provoquer, de même que des années de yoga à apprivoiser la kundalini. Si quelques-uns la vivent très mal, pour la plupart c'est une épiphanie, et dans tous les cas, les priorités des *revenants* se trouvent bouleversées : ils changent de travail, divorcent, se convertissent à une religion, ou un peu tout ça.

Gianni l'ignore, mais jamais il n'oubliera ce qui lui est arrivé cette nuit-là.

« Car l'homme est le plus cruel de tous les animaux. C'est en assistant à des tragédies, à des combats de taureaux et à des crucifixions que, jusqu'à présent, il s'est senti le plus à l'aise sur la terre (...). »
Friedrich Nietzsche, *Par-delà le Bien et le Mal*

À force de shifter dans des bestioles, j'ai eu envie de m'en rapprocher dans la *vraie* vie.

– Pourquoi on n'a jamais eu d'animal ? j'ai demandé à mes parents, sans penser à un en particulier.

Chien, chat, lapin, cochon nain, perroquet, poisson rouge ?... Non, pas de poisson rouge, il paraît qu'ils finissent par crever prématurément de solitude et de dépression à force de tourner en rond.

– On habite en appartement, tu as remarqué ? a répondu mon père.

– Oui. Et alors ? On serait pas les premiers à avoir une bestiole d'appartement. Un petit truc tiède à caresser avec de l'amour inconditionnel dans le regard.

– Notre emploi du temps est assez chargé sans qu'on ait à se préoccuper en plus de nourrir, nettoyer, vacciner, et trouver quelqu'un pour le garder quand on s'absente, a objecté ma mère.

Évidemment.

C'était un peu ma faute, j'aurais dû préparer des arguments plus solides avant d'amener le sujet.

Par exemple le fait avéré scientifiquement qu'une présence animale a un effet bénéfique sur la santé et qu'elle fait gagner plusieurs années de vie. Aucune preuve en revanche que l'animal tire les mêmes bénéfices de notre compagnie, sauf pour la nourriture qui leur arrive toute cuite. Aucune preuve non plus qu'une existence citadine, et plutôt confinée, les comble.

Je n'ai pas insisté mais je me suis quand même promis de retenter le coup.

En attendant je suis allée faire un tour au parc dans l'espoir d'apercevoir un écureuil ou une corneille. Un renard ou un furet m'auraient bien fait plaisir aussi mais ils ne sortent que la nuit.

Un flot de notes m'a détournée de mon but, me happant dans son sillage magique. On n'était pourtant pas vendredi. Je suis entrée dans l'église. Ce garçon semble éprouver une véritable passion pour la toccata en *ré* qu'il prend toujours pour point de départ de ses improvisations. Je le comprends.

Et étant donné l'effet qu'elle produit sur moi, je finis par penser que la musique, c'est dangereux.

Je ne crois pas avoir jamais rien lu à ce sujet et j'imagine que toutes les musiques ne sont pas dangereuses. Mais la toccata en *ré* est dangereuse, David Bowie est dangereux, l'orgue est dangereux. Si on les écoute vraiment.

Quand on écoute vraiment, on disparaît, on se noie, et on est ravi de se noyer. C'est primitif, il y a un truc qui nous happe et nous envoûte, impossible de lui résister.

– Hé, attends ! m'a hélée l'organiste quand je me suis enfuie comme d'habitude à peine la dernière note envolée.

Je suppose qu'après que j'avais consciencieusement noté son numéro de portable, il s'attendait à un signe. Il devait me prendre pour une folle. L'idée me plaisait, elle me rapprochait de Gianni.

Dehors, une brise légère m'a poussée vers la destination que j'envisageais au moment où j'étais sortie de chez moi. Je n'ai vu ni écureuil ni corneille dans le parc, juste une nuée de moineaux qui picoraient des miettes de hamburger.

Je me suis assise sur un banc et j'ai fermé les yeux en pensant à *frère soleil*. Des petites vagues d'orgue frisottaient encore à mes tempes, se diluaient, refluaient. Soudain, un autre flot les a bousculées, des images cette fois, qui essayaient de m'emmener sous un ciel ancestral parfumé de cédrat et de vin pétillant. J'ai résisté, je ne voulais pas partir dans un jardin public, et qu'on m'y trouve errante, vulnérable, et qu'on m'emmène à l'hôpital. Je me suis dépêchée de rentrer.

Depuis la confidence à la renarde, je m'étais moi aussi trouvé une mission : essayer d'empêcher la récupération de Gianni par l'Église.

Pourquoi ?

Par amour de la justice. Par détestation du gâchis. Par amour tout court.

Mais peut-être aussi qu'imprégnée par l'athéisme de mes parents, j'étais inconsciemment devenue allergique à toute forme de religion. Je me persuadais que tant qu'il était un trublion marginal, Gianni pouvait secouer l'ordre établi et faire réfléchir les gens avec son message d'amour inconditionnel, alors qu'une fois rentré dans les rangs et instrumentalisé, ce serait fichu. J'étais consciente que mon ambitieux projet revenait à vouloir changer son avenir et, par rebond, celui de pas mal d'autres gens.

Mais si les physiciens avaient raison : si le passé, le présent et le futur existaient en même temps, comme dans les perceptions des EMI, ça rendait la chose possible.

Étonnamment, dès que Gianni a renoncé à la gloire, elle s'est mise en marche vers lui. À petits pas feutrés pour commencer, puis à grandes enjambées. La récupération la talonnait mais elle cachait si bien son jeu que Gianni, dans l'exaltation des commencements, ne lui accordait pas une miette d'attention.

Il avait fait des émules parmi les jeunes nobles, les fils de bourgeois, les pauvres. Il avait séduit ceux qui voulaient trouver un sens à leur vie dans une époque corrompue.

Tu crois que ça existe, des époques non corrompues ?

Dans celle de Gianni, l'Église s'engraisse sur le dos de ses ouailles et les prêtres, en dépit du vœu de chasteté, ont femme et enfants, quand ils ne profitent pas de leur ascendant pour les tripoter impunément. Et puis le clergé détient le pouvoir qu'il partage avec les puissants et vit dans le faste, décidant des guerres, décidant de tout.

Une partie de la jeunesse le supporte de moins en moins. Et si certains, qui avaient suivi Gianni sur un coup de tête ou après quelques verres, ont changé d'avis, il s'en trouve toujours davantage pour le suivre.

Ce qu'il décrétait était parole d'évangile quand il était riche et menait la danse, quand il décidait quelles couleurs porter, quel vin boire, quel mets préférer. C'est avec presque autant d'enthousiasme que beaucoup abandonnent la vie de débauche et d'ivresse qu'ils menaient pour le suivre.

Gianni a toujours une longueur d'avance, c'est avec lui qu'il faut être. Son idée d'extrême pauvreté est une idée de génie. Mais devenir pauvre, ça ne suffit pas, d'autres l'ont fait avant lui, il veut faire mieux.

Il voulait la plus belle armure, le plus beau cheval, les plus beaux vêtements.

Il veut désormais être le plus pauvre des pauvres, être celui qu'on chasse, à qui on refuse parfois jusqu'à l'aumône. Jusque dans la pauvreté, il faut qu'il époustoufle, qu'il surpasse, qu'il ébahisse. Et quand le voilà rejeté par la bonne société bourgeoise et marchande au point d'inquiéter l'Église, il sait qu'il a franchi un cap.

Bernardo di Quintavalle se trouve parmi les émules de la première heure. Docteur en droit de l'université de Bologne, plus instruit et cultivé que Gianni, il est lié à lui par une amitié indéfectible.

Il deviendra par la suite ambassadeur de l'ordre, en raison de ses capacités oratoires et de sa maîtrise des langues, notamment le latin. Le ralliement de Quintavalle fait d'autant plus de bruit que le jeune noble a décidé de faire don de ses biens, tous ses biens, à qui veut.

Et Bernardo est riche, très.

Une sorte de gigantesque vide-grenier est annoncé, occasionnant un grand rassemblement d'écornifleurs en tout genre devant l'une de ses demeures. Les gens affluent de partout et commencent à se disputer meubles, tableaux, bibelots, livres, victuailles, que des domestiques ont déposés devant la maison.

Le spectacle est à la fois drôle et consternant.

Je shifte corneille, perchée sur le pignon de la maison. Plus près, c'est risqué. Les badauds sont si excités que le danger de me faire écharper est presque plus grand que lors d'une insurrection à main armée. Gianni et Bernardo s'attachent à désamorcer les rixes. Quelques-uns de leurs camarades les y aident, comme Pietro Catane, qui lui restera fidèle jusqu'à la mort.

– Rends-moi ça ! dit-il en ôtant un vase des mains d'un petit homme rondouillard, tu as déjà pris trois pichets et un coffre, tu veux ouvrir une boutique ?

Deux jeunes nobles se disputent une tapisserie avec tant de vigueur qu'elle se déchire.

Bernardo a un petit pincement au cœur, mais ça illustre si bien la cause que lui et ses compagnons veulent défendre qu'il prend le parti d'en sourire.

Gianni taquine un prêtre qui a jeté son dévolu sur une coupe en argent ciselé en la tenant à bout de bras, hors de portée du prélat. Il se réjouit, pas très charitablement, à le voir sautiller pour s'en saisir. Fait même mine un instant de donner la coupe à un autre et jubile comme un gamin de son vilain tour.

C'est réjouissant. Et consternant. Tu connais le cri de la corneille ? Râa râa râa… ça ressemble à un rire. Ou à une engueulade. C'est si approprié que je m'en donne à cœur joie.

Et moi, que suis-je prête à abandonner pour le suivre ? Le siècle où je vis ? Que pourrais-je faire de moi dans ce temps où Gianni n'est pas ?

Sauver les bébés ours, veiller sur une forêt primaire, militer avec Extinction Rebellion, Greenpeace… ? Me rendre utile pourrait devenir un chemin de vie, mais j'ai peur que ça ne me suffise pas.

J'ai peur d'avoir encore soif.

Parce qu'il me manquera quelque chose. Quelqu'un.

« La douleur est aussi un plaisir, la malédiction est aussi une bénédiction, la nuit est aussi un soleil, – allez-vous-en ou bien apprenez-le : le sage est aussi un fou. »
Friedrich Nietzsche, *Ainsi parlait Zarathoustra*

Quand j'ai été sûre de ne pas avoir attrapé la lèpre, je suis retournée au lycée avec l'idée qu'il fallait que j'aie ce fichu *Passe ton bac d'abord, après on verra*, après je verrai. Le bac m'apparaissait comme un garde-folle, une ancre, une montagne à gravir, immuable, presque rassurante.

Je n'envisageais pas pour autant de cesser de shifter. L'un n'empêchait pas l'autre. La seule idée de ne plus côtoyer Gianni me plongeait dans un marasme tel que je ne la considérais pas sérieusement.

Vers début mars, j'ai commencé à faire des cauchemars : j'étais Georges combattant le dragon et quand je parvenais à lui trancher le cou, c'était ma propre tête qui roulait sur le sol. Ce n'était qu'un rêve dont l'éclairage psychanalytique était si basique qu'il sautait aux yeux : le dragon que je devais combattre, ou apprivoiser, vivait à l'intérieur de moi. J'étais moi-même ma pire ennemie et nul autre que moi ne pouvait me trancher le cou. Ce qui est plus ou moins le cas de tout le monde, même si tout le monde n'en est pas conscient. Ça n'en était pas moins perturbant.

Pire, je me suis encore retrouvée au douzième siècle sans avoir amorcé le moindre protocole pour que ça arrive. C'était la deuxième fois.

J'étais à la Porziuncola, une chapelle au milieu des bois à six kilomètres d'Assise où, disait-on, apparaissaient les anges. Un lieu qu'on aurait dit conçu tout exprès pour Gianni qui avait quitté la bergerie pour y élire domicile avec ses compagnons. Ils avaient construit des huttes de bois et de glaise tout autour pour que leur troupe grandissante puisse y dormir, bercée par les cris des animaux nocturnes et réveillée par le chant des oiseaux.

Je les enviais.

Est-ce pour cette raison que j'y ai ouvert les yeux ce matin-là ?

Sous quelle forme ? C'est ce que je me suis demandé au début, avant de me rendre compte que je pouvais voler et voir à trois cent soixante degrés. Abeille ? Mouche ?

Rufino, toujours prompt à réagir, ne tarde pas à m'éclairer.

– Il y a nid de frelons sur le pin, il faut le détruire !

– On va juste leur fiche la paix, lui répond Gianni.

Rufino bouillonne un peu sur place, me chasse parce que je l'ai approché d'un peu trop près.

– Laisse-le ! le rabroue encore Gianni avant de s'adresser à moi-frelon pour me dire : Pardon, il ne sait pas ce qu'il fait.

Rufino, écœuré, hausse épaules et sourcils. Ça le dépasse, une telle compassion pour une *saleté de bestiole*.

– Si au moins ç'avait été des abeilles, on aurait eu du miel, grommelle-t-il.

– Arrête de te plaindre.

Rufino râlotte encore un peu et argumente : *dangereux, on peut mourir si, les gens n'oseront plus venir*.

Gianni ne démord pas, lui aussi argumente, il est doué pour ça, déformation professionnelle drapière.

Pendant qu'ils se disputent, je déguste une pomme pourrie, exquise, et j'attends que le danger – Rufino – s'éloigne pour aller respirer les cheveux de Gianni.

Le *danger* m'a vue et s'empresse aussitôt d'avertir son idole :

– Tu en as un sur la tête !

Ça ne fait ni chaud ni froid à Gianni qui se contente de sourire et vaque à ses occupations. Le curé de San

Damiano va venir bénir la chapelle. Il s'agit de le recevoir simplement, mais dignement.

– Viens plutôt nous aider à éplucher des légumes pour la soupe ! Ou bien trouve-nous des œufs.

Mon cerveau d'humaine marmonnait et commençait à prendre trop de place dans celui du frelon, moulinant des pensées du style *Qu'est-ce que je fais là ? Pourquoi ? À quel moment j'ai décidé de…*

Ça m'a éjectée.

Dans ma chambre parisienne, l'aube commençait à poindre.

J'ai passé en revue ce qui venait de m'arriver, m'inquiétant sans doute à juste titre de n'avoir rien fait pour me retrouver là-bas, mais une inquiétude… un peu endormie, tu vois ? D'autant que j'avais encore deux belles heures à disposition avant que ça ne commence à remuer dans l'appartement. Largement le temps de refaire un tour du côté de la Porziuncola pour assister à la visite du prêtre de San Damiano.

Ça me ferait du bien d'être avec Gianni. Sa présence me rassurait. Le remède et le mal étant une seule et même chose, ça simplifiait. Ou ça compliquait ? Je ne sais pas.

J'ai donc re-shifté frelonne, mais exprès, en me projetant un peu plus tard dans la journée.

Ils sont une trentaine de frères autour de Gianni.

Rufino continue de jeter de temps à autre un coup d'œil vers le nid de frelons, ni rassuré ni convaincu que c'est une bonne idée de nous laisser tranquilles. Il me repère tout de suite quand d'un coup d'ailes je vais me blottir dans les cheveux de Gianni. Il n'est pas le seul d'ailleurs, plusieurs regards ont convergé vers moi.

Une vraie petite trublionne vedette. J'ai envie de leur faire *nananère* avec les doigts, mais je suis trop petite, ça ne se verrait pas… Et les insectes n'ont pas de doigts.

Pietro Catane chuchote à l'oreille de Gianni pour le prévenir, qu'*Il y a un frelon, là, dans tes cheveux, fais gaffe*, mais ce n'est pas un problème, le rassure son ami. Tout va bien.

Le curé leur lit un passage de l'évangile de Matthieu choisi exprès pour eux :

Ne prenez ni or, ni argent, ni monnaie, dans vos ceintures ; ni sac pour le voyage, ni deux tuniques, ni souliers, ni bâton ; car l'ouvrier mérite sa nourriture.

Ni sac pour le voyage, ni deux tuniques, ni souliers ! On dirait que Gianni redécouvre les mots de son modèle. Le prêtre qui leur faisait classe avait pourtant dû le lui lire quand il était élève. Quoi qu'il en soit il s'exalte et, le prêtre à peine parti, s'en va jeter manteau et sandales dans les braises où a cuit la soupe. C'est avec plus ou moins d'enthousiasme cette fois que ses compagnons l'imitent.

– On pourrait peut-être juste les enlever et les ranger quelque part ? propose Pietro Catane que ce gâchis consterne.

Pas le genre d'argument qui peut infléchir Gianni qui allait nu dans la neige le jour où il a répudié son père.

– Ranger ? Dans un coffre ? Comme des bourgeois en prévision du mauvais temps, tu veux dire ?

Catane rougit, soupire, ôte ses chaussures et les jette dans le feu. Les flammes s'en emparent, grignotent le tissu et le cuir des chaussures. Et bientôt, grignotent aussi le crépuscule.

Les voilà tous devenus d'authentiques va-nu-pieds.

Pour l'instant, c'est l'été. Leurs robes blondes ou grises en laine de mouton ou de chèvre suffisent.

L'hiver… Ah, l'hiver ! Dieu pourvoira.

Le viticulteur voisin ayant eu la générosité de leur faire cadeau d'une bonbonne de vin, ils fêtent leur nouvel état comme il se doit, dignement et joyeusement.

*

Les consignes du charmeur invétéré étant d'aller pieds nus, ils y vont, deux par deux comme les cathares, porter les mots d'amour et de pauvreté jusqu'aux confins de l'Ombrie et au-delà : dans le Piémont, la Toscane, et dans tout ce qui n'est pas encore l'Italie.

Gianni parle, chante, prêche. Au fond de lui demeurent enfouies des aspirations de troubadour dont on se disputerait la présence et les vers. Il chemine souvent avec Rufino, qui a appris d'un saltimbanque l'art du jonglage. L'un jongle, l'autre chante. Rufino fait quelques jolies figures avec des balles de son pour attirer les badauds et quand ils sont assez nombreux, Gianni leur parle. Il leur vante la beauté de l'arc-en-ciel, la volupté de ne rien posséder, l'importance de trouver la présence de Dieu dans chaque être, chaque chose, chaque insecte, chaque ver de terre, chaque caillou.

– Mon frère le caillou, dit-il.

Beaucoup rient, beaucoup sont impressionnés.

Un enfant demande :

– Mais alors Dieu est aussi dans les poulets ?

– Oui, bien sûr.

– Ça veut dire qu'on a le droit de manger Dieu ?

Désarçonné par la question sortie de la bouche de l'enfant, Gianni éclate de rire.

– Oui, tu as le droit, finit-il par répondre.

Une assertion sur corde raide. Des murmures s'élèvent.

Mais la réponse est encore une fois imparable : Jésus ne disait-il pas : *Ceci est mon corps, ceci est mon sang, buvez et mangez-en tous* ? Gianni adhère sans nuance : tout est Son corps, tout est Son sang, puisque tout est Lui.

Sa notoriété ne fait que grandir. Il lui arrive encore de rechercher la solitude en s'isolant. Il n'est pas tout à fait venu à bout de la tentation, tentation qui souvent naît des passions qu'il éveille malgré lui. Quand il clame que l'amour est le chemin de la joie parfaite, il allume parfois dans le regard de ceux qui l'écoutent d'autres ardeurs que la vénération qu'on est censé éprouver pour un homme de foi. Et quand les yeux des femmes ou des hommes se teintent d'émotion, il arrive que le désir s'en mêle, que les phéromones s'envolent, virevoltent, effleurent, se posent et chatouillent les instincts endormis. C'est scientifique, on n'y peut rien. Et c'est tout le paradoxe du célibat imposé par l'Église : l'interdiction de la chair provoque l'érotisation du sacerdoce. En faisant du moine et du curé un homme qu'aucune femme ne peut toucher, elle a fait de lui une véritable bombe romantique… Et dans certains cas, un redoutable prédateur.

Alors Gianni s'éloigne, macère dans l'eau glacée du torrent, et quand ni l'eau ni la course jusqu'à épuisement n'ont suffi, il porte un cilice pour se punir de ce qu'il ressent encore et voudrait ne plus ressentir.

*

Le cilice est une large ceinture hérissée de crin ou de pointes de fer dirigées vers l'intérieur et sanglée à même la peau. Au moindre mouvement, son porteur est lacéré. À l'époque, le cilice était utilisé par les religieux pour réfréner leurs pulsions sexuelles et se punir de leurs péchés.

Je ne sais pas si certains le portent encore aujourd'hui, je ne suis pas experte en religion, ni en perversion.

Certains prétendent que ça peut provoquer un plaisir masochiste qui, loin de dompter le désir, l'aiguise. Des théologiens présentent même le dolorisme comme une volupté malsaine à s'avilir, propre au christianisme.

Après avoir shifté malgré moi en frelon, je ressentais le besoin de t'en parler à mots couverts.

Quand je t'ai proposé d'aller prendre un verre après les cours, tu avais l'air si heureuse que je m'en suis voulu d'avoir refoulé tes dernières propositions à le faire sous des prétextes divers et fallacieux. Je me suis promis d'être moins égoïste, moins polarisée. Gianni était en train de me rendre asociale, un comble.

– Je croyais que tu ne voulais plus qu'on soit amies, m'as-tu dit.

– Je suis tellement désolée ! C'est compliqué en ce moment, mais je te promets, je te jure que tu es la personne du vingt-et-unième siècle que j'aime le plus !

Tu as tiqué un peu quand j'ai précisé vingt-et-unième siècle, mais tu n'as pas commenté.

On est allées dans un café près de la station de métro et on a commandé des bières au gingembre. J'ai commencé par des futilités pour te convaincre que j'étais encore une personne normale, du style *T'as vu la prof de maths ? On voit son string, ça se fait pas pour une prof. J'ai rien compris au cours de physique, tu pourras m'aider ? On n'a toujours pas les notes du devoir d'anglais, j'y crois pas, il fait quoi le prof de ses week-ends ?*

Je m'en fichais de la physique, du string de la prof et de l'anglais, à vrai dire. *Il y a des forêts qui brûlent, l'océan qui se réchauffe, les glaciers qui fondent. T'as vu le bateau de migrants qui a coulé ? Qu'est-ce qu'on peut faire ?* De ça, je me fichais moins. Mais j'ai quand même abrégé, il est vain de se lamenter sur des choses auxquelles on ne peut rien.

J'ai préféré évoquer mes actions un peu pathétiques pour me rapprocher du monde animal. J'avais acheté des graines que j'ai mises dans une coupelle sur mon balcon pour attirer les moineaux. J'en ai rempli une autre d'eau, en prenant soin d'ajouter un caillou pour empêcher les insectes de s'y noyer.

– Comme les migrants ? tu as dit.

– Oui mais non, pas du tout ! Ça n'a rien à voir, enfin… je pense pas…

Tu es venue à mon secours en me disant que tu trouvais mon initiative charitable en plus d'être une bonne idée écologique. Soulagée, j'en suis enfin arrivée à ce qui me tourmentait.

– Je voulais te demander si ça t'est déjà arrivé de shifter sans t'en apercevoir ?

– Sans m'en apercevoir ?

Tu étais tellement ahurie que j'ai regretté de t'avoir posé la question.

– Non rien, je plaisantais.

J'ai bu une gorgée pétillante avant de bifurquer, un peu.

– Tu crois qu'on peut… tomber amoureuse en shiftant ?

Je pensais avoir utilisé un ton anodin cette fois. Il faut croire qu'il ne l'était pas tant que ça.

– Quand on shifte tout est pour de faux, pourquoi tu demandes ? T'es tombée amoureuse ?!

– Non, ben non, évidemment ! C'est théorique, juste pour savoir, au cas où…

Alors, comme si tu lisais en moi, tu as dit :

– Tu poses beaucoup de questions *théoriques*, je trouve.

Le feu m'est monté aux joues.

Tu m'as dit que toi, tu ne shiftais plus depuis que tu étais amoureuse en vrai.

– J'aurais l'impression de le tromper en shiftant, as-tu ajouté, malicieuse.

L'œil étincelant, tu m'as donné des détails comme quoi tu sortais avec le nouveau pion : petites lunettes d'intello style écaille avec des yeux bleus en dessous.

– Le brun au look irlandais ?

– Il EST irlandais.

– Mais il est vieux, non ?

– Tu plaisantes ? Il a vingt ans, il est étudiant en lettres. Moi aussi l'an prochain, je serai étudiante en lettres.

Clara en avait douze de moins que Gianni. Moi, ça dépendait des époques… Je t'enviais d'avoir la chance d'être amoureuse d'un type qui habitait la même que nous et qui n'avait pas voué son corps à Dieu.

Tu ne tarissais pas, tu aurais pu écrire un roman tant il te ravissait.

– Lui aussi est amoureux de toi ?

– Je crois, oui.

– Mais… c'est de l'amour ou du désir ?

– Bah, les deux ?

Ça semblait évident, dit comme ça. Tu filais le parfait amour pendant que je galérais en Ombrie. J'étais contente pour toi et un peu jalouse aussi.

– Et vous… enfin, comment tu fais pour le voir ? J'imagine que ta mère n'est pas au courant ?

– Non, je ne lui ai pas encore dit. On se voit après le lycée. Je reste une heure ou deux chez lui, et il m'arrive de ressortir après le dîner, je dis à ma mère que je travaille chez une copine.

– Par exemple moi ?

– Par exemple, oui…

– Je suis contente de te servir d'alibi. Surtout n'hésite pas. Mes parents seraient incapables de renseigner la police sur mon emploi du temps si je tuais quelqu'un.

Tu m'as souri.

Tant qu'on y était à parler d'amour, tu as voulu me caser en passant en revue les garçons de notre classe, et quelques autres. Avant de finir par te décourager.

– Tu es trop difficile.

Tu avais raison.

Pourquoi est-ce que je ne pouvais pas tomber amoureuse d'un garçon *normal* et m'en contenter ? Pourquoi le seul qui me plaisait était celui que je ne pouvais pas avoir ? C'était limite pervers, ou infantile.

Qu'est-ce qui ne va pas avec moi, tu peux me dire ?

Un soir, je suis arrivée trop tard à l'église, ou alors c'est l'organiste qui était venu plus tôt. Je venais de tourner au coin de la rue quand je l'ai aperçu qui descendait les marches. C'était la première fois que je le voyais déplié, à la lumière du jour. Je n'avais jamais remarqué à quel point ses cheveux sont bouclés. Ondulés plutôt. Marron ? Châtains ? On dit châtain, je crois, pour cette couleur. Marron pour des cheveux, c'est presque synonyme de *banal*. Sans intérêt ? Châtain est à peine mieux. Les siens sont beaux, pourtant.

Ses jambes sont musclées, pas trop, ses fesses aussi. Ce n'est pas le plus important mais ça compte chez un mec.

Elles sont comment, les fesses de ton Irlandais ? Pas mal, je crois me souvenir.

Mon organiste avait un sac polochon sur l'épaule. Je me suis demandé quel sport il pratiquait.

Rencognée sous une entrée cochère, j'ai attendu qu'il disparaisse et, après ce petit intermède contemporain, zou ! je suis rentrée chez moi, direction l'Ombrie.

La fraternité compte une centaine de membres quand Gianni entreprend avec Bernardo di Quintavalle et Rufino un nouveau voyage à Rome. Après en avoir discuté, les compagnons ont décidé de rendre publics les principes de vie qu'ils se sont fixés : leur règle. Tous les ordres monastiques en ont une, ça fait sérieux. Avec l'aval du pape, ils pourront faire de nouveaux émules, a argumenté Bernardo.

C'est ce qui a emporté l'adhésion de Gianni qui au début n'était pas emballé, vu que les règles, bah, il n'en raffole pas.

Il se trouve que le moment est bien choisi. Innocent III s'intéresse justement à lui pour une raison que les catholiques d'aujourd'hui jugeraient sans doute pas très… catholique : le pape consulte régulièrement des astrologues. Tous les puissants les consultent : *Est-ce que je dois faire la guerre ? Est-ce que je risque de me faire assassiner ? Puis-je avoir confiance en machin ?* Or, ces astrologues l'ont informé qu'un homme viendrait d'Assise pour purifier l'Église. La prophétie, loin de le réjouir, l'a ulcéré.

Purifier l'Église ?! De quoi je me mêle !

Peu de temps après, il apprend qu'un certain Bernardone, originaire d'Assise, et précédé d'une notoriété grandissante, sollicite une entrevue.

Et si c'était lui, le dangereux trublion ?

Il refuse de le recevoir, mais la curiosité le pousse à accepter de lire sa règle.

Rien de bien méchant, plutôt candide même, cette règle. Il en débat avec ses cardinaux et il finit par ressortir de leur discussion que le meilleur moyen de le neutraliser serait de prendre l'Ombrien sous son aile. Ça permettrait, en outre, de récupérer ses ouailles présentes et à venir.

Mieux que sage : c'est opportun. Innocent III approuve donc la règle sans avoir rencontré son auteur.

Gianni est désormais autorisé à prêcher. Ce qu'il faisait déjà, mais adoubé, il peut le faire jusque dans les églises.

S'il n'avait pas obtenu la tutelle du pape, son mouvement serait resté au mieux une secte, au pire une hérésie. Il ne serait pas passé à la postérité, ni devenu un saint. Et je ne l'aurais jamais rencontré.

J'extrapole sûrement en présumant qu'il aurait lâché l'affaire. Et c'est sans compter sur les stigmates qui, quelques années plus tard, deviendront l'argument impossible à passer sous silence.

La nouvelle de l'acceptation de sa règle par le pape est parvenue jusqu'à Assise.

Une rencontre doit avoir lieu dans l'église San Giorgio, celle où Gianni, enfant, rêvait devant un chevalier terrassant un dragon. L'événement est aussi attendu que sa répudiation du père sur la place publique quelques années plus tôt. Tout le monde veut en être.

Le public est partout, assis, debout dans les travées où on se bouscule plus ou moins gentiment, jusque sur le parvis où la foule se presse pour pouvoir entrer. Comme pour un concert de rock ou un Black Friday.

Gianni s'est fait désirer un peu. Comme toutes les rock stars. Lui ne l'a peut-être pas fait exprès, il avait peut-être le trac avant de monter sur scène, il ne peut ignorer que tous les Assisiens ne lui sont pas acquis.

Il a vingt-neuf ans. Les années, la maladie et la vie au grand air ont dessiné sur son visage quelques rides qui lui vont bien. Il souffre par intermittence, mais pas ce jour-là, comme si la tuberculose se mettait en veilleuse quand l'enjeu est important.

Clara a dix-sept ans. Elle est-je suis au premier rang avec sa mère et sa petite sœur quand la star traverse les vapeurs suaves de l'encens.

L'église foisonne d'appétits en tous genres, curiosité, dévotion, aspiration au miracle.

Gianni refuse d'occuper la chaire du prêtre qu'il n'est pas et ne sera jamais, on lui apporte un tabouret sur lequel il monte pour que tous puissent le voir.

Un silence peuplé de toussotements s'installe.

– Que voulez-vous entendre ? dit-il.

Drôle d'entrée en matière. Un silence gêné l'accueille. Le fils du drapier, connu pour son talent oratoire, n'a pas préparé son texte ?

Va-t-il chanter ?

Va-t-il se déshabiller ?

– Il n'a rien à dire, marmonne-t-on.

Certains ne sont d'ailleurs venus que pour ça : voir se planter misérablement *le petit drapier*. Pour qui se prend-il ? Il n'a même pas fait d'études, il n'est pas noble, il n'est rien.

D'autres murmurent :

– C'est un guignol ! Il ne pense qu'à dépouiller la noblesse parce qu'il enrage de ne pas en être.

– Hier, il culbutait les filles derrière l'église et cuvait son vin assis dans les fontaines et voilà qu'il se prend pour un saint et veut faire la leçon à tout le monde !

On se racle la gorge, on toussote, on soupire nerveux. Rien n'est pire que le silence hostile. Qui n'a pourtant pas l'air de perturber Gianni, et qui, par conséquent, dure... jusqu'à ce qu'enfin quelqu'un ose poser une question.

– Pourquoi tu as l'air si heureux ?

C'est un enfant qui l'a posée. Une calotte de son père le récompense de sa hardiesse.

– Ne le frappez pas ! s'insurge Gianni. Les enfants posent les vraies questions, celles que les adultes n'osent pas poser. Pourquoi ai-je l'air heureux ? Parce que je suis heureux. Mais comment peut-on être heureux quand l'injustice des hommes est chose si répandue, quand on meurt, qu'on souffre, qu'on se déchire, quand aussi loin que porte le regard, je ne vois que préoccupations futiles et vaines comme celles qui furent miennes. Pourtant je suis heureux, et je vais vous dire pourquoi. Je suis heureux parce que j'ai compris une chose importante : il n'existe que deux sentiments, l'amour et la peur. La peur, on la rencontre partout, peur de l'inconnu, peur du lendemain, peur d'être jugé, moqué, peur de perdre son travail, son argent, peur de tomber malade, de mourir, peur de perdre ceux qu'on aime, peur d'aimer… Mais l'amour aussi est partout, et il est inévitable. Tôt ou tard il vous surprendra, vous éblouira. Croyez-moi. Jetez tout ce que vous avez, et vous serez délivrés de la peur.

Sa réponse soulève des soupirs indignés et délie les langues.

Les questions fusent, plus ou moins familières. Gianni répond à toutes.

Jetez tout ce que vous avez, quelle simplicité ! C'est vite dit quand on a mis une vie à amasser un peu de confort ou à simplement s'assurer de ne pas mourir de faim. Tout jeter ? Ah ah ! Et après ?

Qu'est-ce que cette société de va-nu-pieds qu'il propose ? Qui la dirigera ? Le pape ?

Dieu, répondait Ieshoua quand les papes n'avaient pas encore été inventés.

Je t'explique au passage, chère Masha, pourquoi j'appelle Ieshoua, celui que tout le monde en Occident appelle Jésus. Je l'appelle Ieshoua parce que c'est son nom véritable, de même que mon prénom n'est ni Claire, ni Blanche, ni Pâle, mais Clara. Tu vois l'idée ?

À l'époque, on ajoutait le prénom du père ou le lieu de naissance pour distinguer les Ieshoua les uns des autres. Le sauveur des Chrétiens s'appelait donc Ieshoua Bar Yehosef – ou Ben Yehosef –, qui signifie *fils de Joseph*, ou parfois aussi Ieshoua Nasraya : *de Nazareth*. Les premiers Chrétiens ont d'ailleurs longtemps été désignés par ce mot de Nazaréens.

Au fil des ans, Ieshoua est devenu *Iesus* en latin, puis *Jésus*, quand on ne distinguait pas bien les i majuscules des j. Voilà l'histoire.

Avoue qu'entre *Jésus* et *Ieshoua Nasraya*, on a beau parler de la même personne, ça ne fait pas le même effet.

Ieshoua, ça vous a tout de suite un petit côté *sans papiers*, tu ne trouves pas ? Jésus en revanche… Ah, Jésus, on l'imagine plus facilement comme un grand blond aux yeux clairs, style aryen ou hippie. Ce qui est un peu aberrant vu que, né en Judée – la Cisjordanie d'aujourd'hui –, il y a des chances pour qu'il ait plutôt eu le teint mat et les cheveux foncés. Bouclés et courts, parce que c'était tendance chez les Juifs.

En pariant sur l'amour et sur une société de va-nu-pieds dirigés par Dieu, Ieshoua parie sur la bonté.

Gianni rêve d'une telle société.

Moi aussi.

Gianni confirme ce qu'il a déjà formulé devant l'évêque : c'est à Dieu qu'il rend des comptes désormais. Il ajoute que tous les enfants seront tôt ou tard, comme lui, amenés à quitter leur famille. Pas le genre d'assertion que les parents aiment entendre. Le revoilà fauteur de troubles, communiste ou anarchiste.

Le pape n'est heureusement pas là pour l'entendre.

– Ce que tu dis est faux ! dit quelqu'un. Tous les enfants ne quitteront pas leur famille !

C'est faux, oui, la plupart du temps les fils reprennent le métier de leur père. Gianni est bien placé pour le savoir, ce qui ne l'empêche pas d'enfoncer le clou.

– Ils le devraient pourtant.

S'il ne convainc pas forcément, il impressionne par son calme. Pas un instant il ne s'est laissé démonter. Ce qu'il dit, il le croit, et il en est l'incarnation vivante. Et si beaucoup ne sont pas d'accord avec lui, presque plus personne ne doute de la solidité de son renoncement.

Pica est là. Son amour se satisferait mieux d'un fils qu'elle pourrait serrer dans ses bras tous les jours, mais elle est fière de lui. Il chemine vers la renommée qu'on lui a prédite, elle sait combien c'est important pour lui.

Pietro Bernardone est là aussi. Je l'ai vu tout à l'heure qui rasait les murs pour entrer et s'éclipser avant la fin, maugréant. Un peu fier peut-être, mais démoli que tout lui échappe.

La mère de Clara-ma mère est impressionnée. Ma petite sœur à la fois bâille et ne tient pas en place, on lui a interdit d'amener sa poupée, sa fille, ça la perturbe.

Je bois Gianni des yeux encore un peu, je le serre contre moi en pensée.

Mais voilà les derniers grincements de bancs. C'est fini.

J'ai trouvé une nouvelle méthode hyper rapide pour shifter. Il suffit d'ouvrir et de fermer les yeux très vite. À mesure qu'on cligne, le décor intermittent vacille et la réalité d'aujourd'hui laisse place à celle d'hier. J'arrête de *papillonner* dès que je commence à sentir des odeurs. Mais peut-être que ça ne marche que si on a l'habitude de shifter au même endroit, ou à la même époque.

*

Les Offreducio veulent marier leur fille. Au douzième siècle, une fille noble n'a pas son mot à dire sur quand ni avec qui. Clara n'a donc aucune chance de faire entendre son refus. La seule solution qui s'offre à elle, c'est la fuite. Aussi a-t-elle envoyé en cachette sa plus jeune domestique porter à Gianni un message dans lequel elle dit son souhait de rejoindre la communauté.

Gianni refuse. Il connaît Clara Offreducio, il n'ignore pas que ses dix-huit ans lui vont à ravir. Il est hors de question que des femmes vivent dans une communauté d'hommes qui sont loin d'avoir acquis la tranquillité de leurs sens.

Mais Clara est presque aussi entêtée que Gianni. Elle précise qu'elle ne propose pas le « vivre ensemble » mais la création du pendant féminin de la fraternité masculine.

S'ensuit un chassé-croisé de messages appuyé par le plaidoyer de Rufino, cousin de Clara, jusqu'à ce que Gianni finisse par accepter une entrevue.

Il pose une condition : il faut qu'elle ait lieu dans les bois et dans le plus grand secret.

C'est si délicieusement romantique…

*

C'est un après-midi de mars bien froid. L'hiver mordille encore un peu mais la végétation déjà se réveille. Des touffes de primevères sauvages, des mésanges, rouges-gorges, rouges-queues, bouvreuils en attestent et célèbrent la montée de la sève en striant l'air de leur joie.

On dirait une fête préparée tout exprès pour une rencontre mémorable autant que décisive.

Clara a le même âge que moi aujourd'hui. Quand je me glisse dans son corps, je reconnais des élans qui me sont familiers, des pensées même, que je ne distingue pas toujours des miennes.

J'ai beau me raisonner que ce n'est pas réel, *Tu es en train de shifter là, t'es au courant ?*, rien n'y fait. S'en fiche, le cœur. Fait d'autant plus le yoyo qu'il vient d'apercevoir Gianni entre les feuillages, là-bas. Sa démarche souple et dansante, il l'a conservée même si ce n'est plus pour mettre en valeur les étoffes de la maison Bernardone, et son regard clair qui m'a cueillie déjà sans en avoir l'air.

Deux de ses *frères* l'accompagnent : Rufino, bien sûr, et Pietro Catane. Les trois ont adopté des coupes au bol, mais pas encore la tonsure centrale.

Mes jambes soudain décident de faire bande à part et m'obligent à m'agripper à l'écorce noueuse d'un tilleul. Pacifica, qui s'en est aperçue, me soutient. Pacifica, ma cousine, est elle aussi menacée de mariage, et elle m'aime trop pour se passer de ma compagnie.

Cousins, cousines, amis, amants, c'est le noyau dur de la naissance des Pauvres Dames comme de celle des Frères Mineurs, comme on les nomme à l'époque.

Mes jambes reprennent un peu de vigueur quand mon deuxième cerveau se met à protester.

Le croiras-tu, Masha ? C'est mon ventre d'habitante du vingt-et-unième siècle qui proteste parce qu'il n'a pas reçu d'autre carburant qu'un chausson aux pommes vers midi et qu'il est pas loin de minuit, heure de Paris.

Si mon ventre d'ici borborygme là-bas, je n'ai peut-être pas tort de penser que je peux attraper des maladies médiévales… et du coup, versant positif du phénomène, d'influer sur le cours du destin !

En attendant, c'est humiliant, un intestin qui gargouille à un rendez-vous d'amour. J'ai beau savoir qu'il n'est pas question de ce genre d'amour, mon cœur ne veut rien entendre et bat la chamade. Tu sais ? Ce roulement de tambour qui annonçait la capitulation d'une place forte et implorait répit à l'ennemi pour secourir les blessés. C'est exactement ça.

Sauf que Gianni n'est pas mon ennemi.

Il est devant moi, avec son visage aimé, sa peau, ses cheveux, avec ses petites ridules au coin des yeux et de la bouche… Tout en lui me saute au regard et à l'odorat. Tout me saute à l'âme.

Je le contemple avec une ferveur telle qu'il a un léger mouvement de recul. Il se tait pendant dix longues secondes. Une éternité.

C'est à mon insu que soudain advient ce geste non prémédité : j'attrape sa main et je l'embrasse.

C'est si étrange, si éloigné de mon éducation contemporaine que je soupçonne Clara Offreducio d'en être l'instigatrice. Il est vrai que ça ressemble aussi à la ferveur d'une groupie devant son idole, je n'en suis pas fière. Mais je savoure. Le contact de mes lèvres sur sa peau me traverse comme une onde qui réveille chaque cellule de mon corps.

Gianni tressaille, il a dû ressentir quelque chose lui aussi. C'est scientifique, et panthéiste à la fois, puisque rien n'est séparé.

Je lui dis :

– Je veux vivre comme toi, être pauvre comme toi, mendier comme toi, suivre ta règle, faire tout ce que tu me demanderas de faire. Tout.

C'est Clara qui parle, c'est moi qui parle et qui déclare mon amour à mots à peine couverts : où tu iras j'irai, tout ce que tu voudras je le voudrai… Que les féministes du monde d'aujourd'hui me pardonnent, et que celle qui n'a jamais eu besoin de se retenir de le dire me jette la première pierre.

Gianni, pas impressionné du tout, douche mon élan.

– Je ne te crois pas.

C'est si brutal que je vacille, que le monde autour de moi vacille et se disperse en miettes ridicules.

Il me semble que même les oiseaux s'en aperçoivent et cessent de chanter.

Ça m'éjecte.

Je recolle mes morceaux, j'y retourne.

Là où nous en étions, reprenons. Gianni veut m'éprouver, s'assurer que je suis sincère. Je le suis.

Il dit :

– Je te croirai si tu traverses la ville vêtue de haillons et mendiant ton pain.

Je me demande si j'ai bien entendu. Pacifica aussi semble perplexe. Les compagnons de Gianni eux-mêmes paraissent flotter, l'espace d'un instant. Il plaisante ?

J'ai peu évoqué cet aspect pourtant notoire de sa personnalité consistant à faire des blagues borderlines. Rufino en sait quelque chose depuis que Gianni l'a envoyé prêcher à moitié nu sur la grand-place un jour de marché. Comment s'étonner qu'on ne le prenne pas toujours au sérieux à Assise ?

S'agissant d'une fille, la requête paraît d'encore plus mauvais goût.

Pourtant, je-Clara ne sourcille pas, n'y songe pas même une milliseconde. Je reconnais que la requête est plus facile à exécuter pour moi que pour la Clara médiévale.

– Si tu y parviens, vous serez les deux premières dames de la pauvreté, ajoute Gianni.

Et hop, il tourne les talons.

Après un bref salut de la tête, Rufino, un petit sourire gêné aux lèvres, lui emboîte le pas et Pietro Catane les suit. L'épreuve est réservée à Clara. Gianni n'a rien exigé de Pacifica. Il sait que Clara est la meneuse et que si elle échoue, sa cousine renoncera.

S'éloignant, il ramasse quelque chose. On dirait… un petit crapaud des bois. Il le dépose délicatement au bord du chemin pour l'empêcher de se faire écrabouiller.

Dans le même ordre d'idée, ce jour-là, de retour dans notre consternant vingt-et-unième siècle, j'ai eu droit à une petite consolation citadine : des moineaux avaient commencé à rappliquer sur mon balcon pour boire, se baigner, picorer. Du coup, j'ai foncé acheter deux nichoirs que j'ai fixés aux barreaux en fer avec du fil de jardinier.

Et je me suis sentie utile, un peu.

Gianni espérait sans doute que Clara se dégonflerait. Il se trompait, elle s'est vaillamment acquittée de l'épreuve, et il a été forcé de l'accueillir dans la fraternité qui allait donc se doubler d'une *sororité*.

Le moment est venu de passer à l'étape suivante : l'intronisation. Il n'y a pas de temps à perdre. Le risque que les parents Offreducio enferment leur fille pour la faire changer d'avis est réel et imminent. Pacifica ne lâche pas d'une semelle sa cousine dont l'engagement lui paraît infiniment plus enviable que celui d'une femme mariée à un homme qu'elle n'aime pas.

Clara a désormais l'âge requis pour que je recommence à shifter en elle. Elle peut ressentir ce que je ressens et troubler l'homme que j'aimerais troubler. Après avoir quitté sa famille, elle a aussi davantage d'occasions de le retrouver et d'échanger avec lui.

La première de ces occasions a lieu le jour où elle renonce à la vie *normale*. Gianni en personne va couper les cheveux des cousines pour acter leur engagement.

La cérémonie se déroule dans la chapelle de la Porziuncola où tous sont rassemblés.

*

Les cheveux des femmes ont de tout temps et dans de nombreuses cultures été considérés comme des symboles sexuels. C'est pour cette raison que les nonnes dans la chrétienté étaient voilées, comme les femmes le sont encore aujourd'hui dans la religion islamique, tandis que les juives orthodoxes portent des perruques en guise de voile qui ne dit pas son nom.

Ils symbolisent au contraire force et virilité chez les hommes, Samson en est le symbole biblique. Les juifs radicaux et les musulmans exhibent leurs poils. Les moines tonsurent le sommet de leur crâne, en signe de renoncement à séduire. À partir de la cinquantaine, beaucoup d'hommes perdent leurs cheveux… Je ne sais pas quelle conclusion en tirer.

*

Pacifica et moi sommes agenouillées devant Gianni muni d'une paire de ciseaux, ou plutôt son ancêtre, un outil à deux lames réunies par un ressort. L'agenouillement est à la fois humiliant et troublant. Si Gianni s'en rend compte, il n'en laisse rien paraître.

Il dit :

– Vous êtes sûres de vous ?

Nous lui répondons oui, en chœur.

C'est par moi qu'il commence. De longues mèches blondes coulent sur l'herbe, une, puis une autre, une autre encore. Le bruissement des cheveux mâchés par les lames est si réaliste que je me demande quel impact aura cette coupe sauvage sur mon apparence au vingt-et-unième siècle. N'ayant pas attrapé la lèpre, ni pris goût à la chair putréfiée ou à celle des cadavres, il y a des chances pour que *l'élagage* de Gianni soit sans conséquence…

Sauf si je considère que mon ventre gargouillait lors de mon dernier shift.

Les mains de Gianni me frôlent, m'affolent. Hélas, elles viennent vite à bout des cheveux fins de la fille que je hante. Je secoue la tête allégée de leur poids, j'en tire une joie étrange.

C'est le tour de Pacifica. Docile, elle ferme les yeux comme si elle priait. Bien que sa chevelure soit plus dense, j'ai l'impression que Gianni en termine plus vite avec elle, mais je me raconte sûrement des histoires. Ce qui est sûr, c'est qu'il ne ferait pas recette en ouvrant un salon de coiffure même s'il semble se soucier de ne pas nous rendre trop laides. La petite touche esthétique involontaire de l'ex-dandy ?

À l'issue de cette trop courte séance sensuelle, il m'a bien fallu regagner ce monde peuplé de gens fades et tièdes, de ceux que, selon Paul, Dieu vomit. J'étais presque déçue de découvrir mes cheveux intacts.

« Ce qui est fait par amour s'accomplit
toujours par-delà bien et mal. »
Friedrich Nietzsche, *Ainsi parlait Zarathoustra*

Après avoir brièvement été hébergées chez les Bénédictines, les Pauvres Dames vivent désormais dans un bâtiment près de l'église de San Damiano. Elles ont un jardin qu'elles cultivent pour se nourrir le plus végétalement possible.

Depuis qu'elles sont installées, Gianni leur rend régulièrement visite.

Lui qui redoutait la présence des femmes dans la confrérie a finalement trouvé en Clara une amie véritable à qui il demande conseil et fait part de ses projets concernant la communauté, de ses doutes aussi. Même Pacifica s'éloigne pour les laisser bavarder en tête à tête.

Gianni est fier de maîtriser de mieux en mieux ses pulsions et, comme il n'aime pas les victoires faciles, il met régulièrement sa constance à l'épreuve par ces entrevues. Je suppute. C'est l'occasion pour moi de shifter en Clara et d'éprouver la solidité de leurs résolutions respectives.

Ça suppose un petit saut quantique parce qu'il n'advient rien de notoire dans cet entretemps.

Je crois qu'on peut dire que la différence entre le shifting et la réalité tient de celle qui existe entre un film et la vraie vie : dans un film, on ne voit que les moments où il se passe quelque chose, le réalisateur zappe les autres. Du coup, on ne s'ennuie pas à attendre que quelque chose advienne. Et quand les héros sont en sécurité après avoir affronté le danger, ou qu'ils se sont embrassés après avoir été séparés par l'adversité, hop ! on referme l'ordi, ou la tablette, et on se met en quête de la prochaine dose d'adrénaline, du prochain film.

Quand on shifte, c'est pareil, sauf qu'on connaît la fin dès le début. Et puisqu'on est à la fois le réalisateur, l'acteur et le spectateur, on peut choisir quelles séquences couper ou au contraire faire durer, et revivre plusieurs fois celles qui nous ravissent.

Côté sensations en revanche, le shifting coiffe le film au poteau.

Je ne deviens évidemment jamais tout à fait Clara et il arrive que Gianni le sente. Il devine que quelque chose cloche sans savoir quoi. Et ça le trouble de ne pas reconnaître *sa* Clara. C'est ce qui s'est produit ce jour-là.

Il remarquait des détails… surprenants.

– Tu n'as pas la même odeur que d'habitude.

Je shifte avec mon odeur corporelle et il peut la sentir ?!

C'est le genre de chose que je ne peux confier qu'à toi, Masha. N'importe qui d'autre me prendrait pour une mytho. Non seulement je sens et je goûte quand je shifte, mais je *voyage* avec ma propre empreinte olfactive ! J'espère qu'un jour on fera des recherches là-dessus. Ça soulagera les shifteuses égarées dans mon genre.

– Il y a des moments où j'ai l'impression que tu n'es pas réelle, dit encore Gianni.

– C'est quoi le réel ?

– Tu lis trop de livres. Les gens qui lisent trop de livres s'imaginent toujours pouvoir vous faire la leçon. Mais un crâne farci de connaissances n'est pas un gage d'intelligence, il finit même souvent par la rétrécir.

J'ignore sa critique et je répète ma question.

– C'est quoi le réel ?

– Le réel, c'est quand on peut toucher.

Et il me touche ! La joue. Doucement, du revers de la main.

Et aussitôt se trouble.

Et je jubile.

– Tu vois, je suis réelle !

Je profite de sa confusion pour me pencher et respirer ses cheveux.

– Ne t'approche pas !

– Pourquoi ? Tu es dangereux ?

– Tu sais très bien ce que je veux dire. On ne devrait même pas être là, ensemble, seuls, ce n'est pas convenable.

– Convenable ?! Je n'en reviens pas de t'entendre utiliser des arguments aussi bourgeois ! Et pourquoi faut-il être chaste quand on entre en religion ? Qui a décrété ça ? Tu crois que Jésus était chaste ? Ça n'est attesté nulle part, je te signale. Les rabbins ont toujours eu des femmes, alors pourquoi refuse-t-on aux moines et aux curés d'en avoir ? Voilà une chose que tu devrais t'employer à changer. Moi je ne peux pas, hélas, je suis une femme, on va dire que je suis hystérique, mais ce serait plus juste et plus sain si les curés avaient des femmes et des enfants, tu ne crois pas ? C'est Dieu qui a créé le sexe, non ? Tout ce qui vit a un sexe. Si c'était seulement pour se reproduire, Il n'aurait pas créé le plaisir… Mais tu vas me dire que s'Il l'a fait, c'est pour inciter les hommes à procréer, c'est ça ?

Je m'enflamme comme si je haranguais une foule. Je sens la gêne de Clara Offreducio affleurer par instants, il est évident que ce n'est pas elle qui s'exprime. Gianni me contemple, étonné.

Que se passe-t-il ? dit son regard.

*

En googlant « le sexe dans l'Église » dans l'espoir de découvrir le pourquoi de la chasteté, j'ai fait un détour intéressant par les pratiques sexuelles animales. L'occasion de découvrir que tous les mammifères femelles, les tortues, les crocodiles, et même certains oiseaux, ont un clitoris. Dans plus ou moins le même registre, il semblerait que les cerfs, les chiens, les chats, les perruches, les dauphins, les écureuils, les ours, la liste n'est pas exhaustive, qu'ils soient mâles ou femelles, se masturbent.

Les mâles pratiquent la fellation, voire l'auto-fellation pour les plus souples. Et les pingouins n'ont pas l'exclusivité de l'homosexualité : ils sont largement concurrencés par les rats, les taureaux, les chimpanzés, certaines girafes... sans parler des surdoués du plaisir comme le porc qui peut jouir jusqu'à trente minutes d'affilée ! Je me demande si c'est à cause de ça qu'on utilise l'adjectif « cochon »... Trente minutes... respect. C'est par jalousie de son super-pouvoir qu'on en fait du jambon ?

On peut en conclure que l'humain est loin d'avoir l'exclusivité du sexe sans visée procréative et Dieu, s'Il existe, y est forcément pour quelque chose.

*

De ça, je n'ai évidemment pas parlé à Gianni, mais je n'ai pas résisté à lui faire part de mes découvertes wikipédiennes.

– La plupart des apôtres étaient mariés et avaient des enfants. La chasteté n'a été instaurée que bien plus tard. Au moins quatre siècles après.

– D'où tiens-tu ça ?

– Je l'ai… entendu dire.

– Tu ne devrais pas colporter les ragots. Quand un homme doit s'occuper de ses enfants, il n'a plus assez de temps pour Dieu.

Pas faux.

– Donc je ne peux pas te toucher mais on peut être amis ?

– Oui…

Il n'a pas l'air convaincu.

– Et une amie ne peut pas respirer les cheveux de son ami si elle ne le touche pas ?

– Non ! Elle ne peut pas ! Tu ne renonces jamais, hein ?

– Ça nous fait un point commun, je lui souris.

Clara Offreducio n'a pas renoncé à la chair, je le sens quand je suis elle. Mais la pauvre est réduite, entre deux visites de son aimé, à se nourrir des réminiscences de l'homme qu'il était avant d'embrasser la cause de Dieu. Le troubadour de son enfance et le drapier aux yeux clairs ramassant son mouchoir de petite fille hantent encore sa mémoire. Peut-être est-elle amoureuse de Gianni depuis toujours.

Ça ne doit pas être facile de renoncer à l'amour quand on a dix-huit ans.

J'aurai dix-huit ans dans trois mois, mais moi je pouvais tricher. Je pouvais shifter quand je voulais et revivre cette scène entre Gianni et Clara, encore et encore, en essayant de grappiller chaque fois un peu plus d'intimité.

Je pouvais aussi tenter une autre version de l'histoire, plus définitive, dans laquelle j'habiterais à jamais le corps de Clara Offreducio. Je persuaderais Gianni d'être mon amant secret, on se retrouverait dans les bois, personne n'en saurait rien. Nous vivrions heureux et cachés, et les événements pourraient suivre leur cours tragique.

Certains jours, il m'arrivait de penser que rien dans mon projet n'avait de sens, et bien sûr ça me terrifiait.

Pour me rassurer, je me persuadais que tout amour suppose un peu de folie et qu'en faisant des plans sur Gianni, je ne faisais courir de risques à personne d'autre qu'à moi.

Alors j'y retournais, pour le pire, et pour le meilleur.

« Mais le plus dangereux ennemi que tu puisses rencontrer sera toujours toi-même ; c'est toi-même que tu guettes dans les cavernes et les forêts. »
Friedrich Nietzsche, *Ainsi parlait Zarathoustra*

Le strip-tease de Gianni sur la place d'Assise m'avait impressionnée. À défaut de pouvoir jouer un autre rôle que celui de spectatrice dans une scène aussi parfaite, je n'y étais pas retournée. Mais j'y pensais souvent. Et le désir peu à peu s'insinuait en moi, jusqu'à m'obséder. J'avais envie de toucher Gianni, de l'embrasser, de me blottir, je le voulais.

Après tout, c'était facile. Il suffisait que je déroge à ma règle chronologique pour revenir un peu en arrière dans sa vie, avant que sa résolution ne devienne inébranlable. Quand il s'efforçait à grand-peine de lutter contre la toute-puissance de ses sens en s'isolant dans la bergerie.

Bien sûr, je devais emprunter un autre corps que celui de Clara. Par exemple celui de cette fille entrevue chez Paul le soir où j'avais investi le corps d'une autre. Gianni n'avait d'yeux que pour elle, cette magnifique, cette parfumée, la très sûre d'elle Elmira. Ils se plaisaient, c'est certain. Peut-être même avaient-ils déjà fait l'amour ensemble. C'était le plan parfait.

Je n'ai pas résisté davantage.

1, 2, 3…

Je me suis retrouvée sur le dos d'un cheval pour la première fois de ma vie, de mes vies, et j'ai trouvé ça génial !

Je l'ai talonné pour qu'il aille plus vite, et comme il ne réagissait pas, j'ai frappé un peu plus fort et il s'est élancé au galop, comme dans les films !

Ça avait l'air plus facile à l'écran.

Me voilà éjectée… du cheval. Et de mon escapade shiftée.

Qu'à cela ne tienne, j'y retourne… et retombe presque aussi vite.

Ma robe – la robe d'Elmira – est maculée de boue. Une robe de satin bleu qu'un manteau rouge jeté sur ses épaules met en valeur. Drôle d'accoutrement pour une balade champêtre. À se demander si c'est moi qui ai prémédité cette visite ou elle ?

Elmira peste en constatant les dégâts. Hors de question que je la laisse faire demi-tour quand ça commence à être intéressant.

Je m'éjecte et j'y retourne, juste avant la chute. Je galoperai une autre fois.

Cette fois, la robe est impeccable, je trottine, ma colonne vertébrale ne raffole pas.

Si je survis à mon adolescence, j'irai vivre à la campagne et j'aurai un cheval, ou plusieurs, j'apprendrai à galoper, et j'aurai des tas d'animaux, des poules et des arbres. Je sais, ce n'est pas très original, presque tous les citadins en rêvent. La plupart sont heureusement incapables de survivre plus de quelques mois à la vie provinciale. J'imagine l'épouvante des ruraux si les cinquante millions de Français qui vivent en ville décidaient de rappliquer chez eux.

Je n'ai aucun mal à convaincre Elmira de mener notre cheval jusqu'à la bergerie où Gianni s'est réfugié, tant il est clair qu'elle et moi poursuivons le même but.

Notre proie a forcément entendu les sabots marteler le chemin et sans doute a-t-il aperçu la silhouette chevauchant au loin. S'il n'a pas reconnu Elmira, il sait que c'était celle d'une femme, le genre qu'on évite quand on s'exténue à demeurer chaste. Aussi s'est-il planqué à l'intérieur, sans doute dans l'espoir que la cavalière passera son chemin.

C'est la première fois que j'ai autant de mal à dire *je*.

Je me doutais qu'on attrapait de l'assurance avec un tel corps mais l'expérimenter est ensorcelant. J'ai la peau si lisse, si douce, les mains si fines, même mon odeur chyprée, boisée et enrobée de vanille me surprend.

C'est la première fois aussi que je suis jalouse de la personne dans laquelle je shifte, au point d'avoir presque envie d'échouer dans mon projet de séduction. Si je parviens à mes fins, c'est le corps et le visage d'Elmira qui s'imprimeront dans le souvenir de Gianni.

Je descends de cheval. Je prends le temps de caresser son cou, ses naseaux, je le respire. Lui aussi est parfumé. C'est fort, musqué, suave, réconfortant, un délice sauvage. J'enroule ses rênes autour d'une branche, il se met aussitôt à brouter, tranquille. Les animaux sont plus doués que nous pour le bonheur. On devrait les laisser nous l'enseigner.

Tandis que j'approche, un mouton sort de la bergerie et gambade rejoindre les autres au bout de la pâture.

Je dois habituer mon regard à la pénombre. Deux brebis s'y reposent, leur odeur mêlée à celle du foin. Gianni, tapi contre le mur du fond, hésite avant de s'extraire de l'ombre.

Clara, Elmira, ou simple mouche, mon cœur trampoline quand Gianni se trouve près de moi, il pile net, repart, pique un sprint. Il paraît que ce n'est pas grave, à condition de ne pas en abuser.

– Qu'est-ce qui t'amène ? m'attaque Gianni. Ce n'est pas un lieu pour une fille comme toi. Tu vas te salir. Tu portes un satin précieux.

Déformation professionnelle dont il se rend compte aussitôt, se fustige sans doute et, du coup, il se tait.

– Tu t'amuses bien ?

La phrase m'est venue toute seule, elle ne me ressemble pas.

– Non, Elmira, je ne m'amuse pas. Je ne suis pas là pour ça.

L'entendre m'appeler Elmira m'est désagréable. Il n'a jamais prononcé le nom de Clara, sauf quand il a ramassé son mouchoir de petite fille. En plus, il n'a pas l'air ravi de me voir, ça me déconcerte. Comment doit-on s'y prendre au douzième siècle pour ambiancer un garçon ? Je ne sais même pas comment on fait au vingt-et-unième, je pars de loin. Mais quand on ressemble à Elmira, il suffit peut-être d'attendre que la beauté fasse le job ? Je me turlupine pour rien. Elmira sait.

Elle-je m'approche.

Gianni recule d'un pas qui en dit long.

– Je ne sais pas ce que tu t'es mis en tête, murmure-t-il.

– Je ne pense pas que ma tête soit en première ligne sur ce coup-là.

– Quoi qu'il en soit, c'est une mauvaise idée.

L'échange ne s'éternise pas. Ces deux-là n'ont pas besoin de mots pour se comprendre. Elmira se fiche de ce que pense

Gianni et n'a que faire de ma timidité. Son audace m'époustoufle. J'aimerais bien en avoir un dixième dans ma *vraie* vie. Je m'approche encore, je me colle à lui, je ne maîtrise plus rien. Mon désir se mêle à celui d'Elmira, conquérante.

La voilà – Me voilà – qui caresse le visage de Gianni... ses cheveux.

La voilà qui approche mes lèvres de ses lèvres et imprime à mon corps de petits mouvements serpentins. On dirait une drôle de danse. La salsa, en plus sensuelle encore. Elle-je l'embrasse. Sa bouche a un goût d'ambre et de musc. Mes papilles caressent les siennes, ça veut dire qu'il a desserré les dents, qu'il est en train de craquer...

C'est un tel ravissement que je crois que je vais m'évanouir, ou mourir. Mourir dans un moment comme celui-là, n'est-ce pas ce qui peut m'arriver de mieux ?

Gianni, lui, semble au supplice.

Jamais une chose pareille ne pourrait m'arriver si je n'étais pas en train de shifter : je suis au milieu d'une scène de non-consentement dont je suis l'instigatrice.

– Tu l'aimes, mon parfum ?

– Il est diabolique, chuchote Gianni.

Elmira est diabolique... La sueur perle au front du bel ermite dont la respiration devient saccadée.

Il cherche au plus profond de lui la force de résister, ce très profond où gît aussi l'ancestral réflexe qui, sous sa tunique de laine, bientôt le trahit.

Et m'affole.

Elmira n'a pas l'intention d'en rester là. Et puisqu'il ne répond pas à son offensive, elle se caresse.

J'ai beau avoir honte, je la laisse faire. Parfaitement consciente que je pourrais m'éjecter, je ne m'éjecte pas. Il est trop tard. Le plaisir est si vif à présent dans le corps d'Elmira-dans mon corps, que je n'ai plus la volonté de l'interrompre.

C'est Gianni qui reprend la situation en main en me repoussant violemment.

Je tombe dans la paille, haletante, sans cesser de me caresser, de le regarder, sa colère augmentant mon plaisir.

Il faut que je m'éjecte, il faut... mais je suis au bord d'autre chose.

On dirait que je vais...

Ça m'éjecte.

Je me retrouve allongée sur mon lit, frémissante et d'autant plus troublée que j'éprouve infiniment plus de plaisir que de remords. C'était si fort, un vrai tsunami !

Je me suis levée et j'ai ouvert la fenêtre pour aspirer une goulée d'air frais. Il avait plu. Ça sentait... le pétrichor, tu sais, ce délicieux parfum d'humide mêlé de végétal qui flotte après la pluie. Ça sentait la joie d'être.

Le lendemain, en sortant du lycée, je t'ai demandé si tu avais déjà fait l'amour en shiftant. Avant ton Irlandais, bien sûr, j'ai précisé, puisque désormais tu étais comblée.

– Heu… non. Et toi ?

Je voyais bien que chaque question que je te posais et à laquelle tu ne pouvais pas répondre t'inquiétait. Un peu comme un créateur, style Dieu ou Frankenstein, peut se tourmenter en réalisant que sa création lui échappe.

J'ai menti encore une fois pour te rassurer.

– Moi non plus en fait, c'était juste…

Là, tu m'as coupée, un petit sourire narquois au bord des lèvres.

– Théorique ?

Gianni est mon secret turbulent.

Innocent III est mort depuis trois ans quand son successeur, Honorius III, donne le départ d'une nouvelle croisade, la cinquième d'une série de huit. À l'époque, les papes encourageaient les bains de sang.

Destination : Jérusalem, pour aller casser de l'infidèle.

Définition de l'infidèle : individu qui n'a pas la bonne religion, la seule, la vraie, la nôtre.

L'appel du pape jette des milliers d'hommes, de femmes, d'enfants, de chevaliers, de brigands et d'aventuriers sur les routes de ce qui n'était pas encore la France, l'Allemagne et l'Italie.

Quatre mille kilomètres à pied, ça creuse, surtout quand on n'a rien pris avec soi, convaincu que Dieu pourvoirait. Le pape leur a certifié que la sainteté du but poursuivi les exonérait de toutes conséquences à leurs actes. Pardonnés avant même d'avoir péché, ils s'en donnent à cœur joie, ces valeureux croisés. Ils pillent, volent, tuent tout ce qui leur résiste : fermiers peu partageurs, commerçants égoïstes, et Juifs parce qu'ils sont juifs. Ils se font la main, en attendant de se confronter aux *infidèles*.

La civilisation est en marche.

Gianni, lui, a réfléchi que s'il parvenait à rencontrer le sultan Malik al-Kamil et à le convertir à la foi chrétienne, la croisade deviendrait inutile.

C'est candide.

C'est jouable, pense Gianni qui part aussitôt avec Pietro Catane dans l'espoir d'éviter la boucherie. En guerrier pacifique cette fois, sans cheval ni armure.

On sait peu de choses sur ce voyage, sauf que c'est un sacré périple à pied, puis en bateau. Environ trois mille huit cents kilomètres jusqu'à Damiette en Égypte, en passant par l'Albanie, la Turquie et la Syrie, plus une petite traversée en bateau, soit dans les quatre mois de marche.

Mais au vu de la position géographique de Damiette, il est vraisemblable qu'une partie des croisés a préféré traverser la Méditerranée depuis les environs de Lecce, ce qui ramène le voyage à trois ou quatre jours. Sans compter le trajet depuis Assise jusqu'au sud de l'Italie, à pied ou en stop, trois ou quatre autres jours.

Il fallait être motivé pour voyager à une époque où ni le train ni l'avion n'existaient. Ça n'empêchait pas troubadours et marchands de pratiquer, parfois pour le seul plaisir de la découverte.

J'ai eu beau googler toute la documentation possible sur les embarcations médiévales, je n'ai aucune idée de l'aspect du bateau qui les a transportés. Difficile dans ces conditions de shifter.

Je décide quand même de tenter.

Je commence par des incursions, de mouette en goéland et de rat en singe – certains nobles ont ce genre d'animaux de compagnie même quand ils partent en guerre – sans parvenir à capter autre chose que des bribes : grincements du bois, gifles du vent dans les voiles, disputes, vomissements, hennissements des chevaux embarqués.

Je n'ai pas trouvé Gianni. Je n'ai même aucune certitude de m'être trouvée sur le bon bateau au bon moment, juste un aperçu de ce qu'il a pu vivre au cours de la traversée. Mais avait-il le pied marin ? A-t-il vomi ? Le temps était-il radieux tout au long de la traversée ? Plutôt que de m'acharner, je me téléporte directement à Damiette, en 1219, aux alentours de la Pentecôte.

J'y suis !

Je crois…

Je survole quelque chose qui ressemble à un campement planté devant ce qui ressemble à une ville assiégée. Le camp est immense, fait pour durer. J'aperçois des croix sur les tuniques sales.

Le tout à hauteur de mouette. Rien de mieux qu'un oiseau pour avoir une vue d'ensemble. À condition de se tenir hors de portée des flèches des hommes affamés. Quand ils se battent, heureusement, ils ne pensent plus à la faim. Ils ne pensent pas.

Tentes, jeux de dés, rixes, claquements d'épées, cadavres plus ou moins frais, membres tranchés, hurlements échappés d'une tente, femmes qui s'enfuient, qu'on rattrape, qu'on fait taire définitivement. Les croisés sont des guerriers et la guerre est indissociable du viol. On l'utilise comme une arme pour terrifier l'ennemi, et les femmes ne sont pas les seules à être violées. Même ceux qui pensent que Dieu est dans leur camp s'y adonnent, ils se sentent missionnés, validés.

Loin d'être tous mus par leur seule foi, beaucoup le sont par l'appât du gain et des butins glanés au fil des massacres, beaucoup sont ruinés et comptent sur la croisade pour se refaire. Un chroniqueur évoque des pratiques anthropophages durant le siège des grandes villes, tandis que d'autres nous rassurent qu'on ne mangeait que ceux qui étaient déjà morts. C'est un peu plus catholique.

Ça égaierait les cours d'histoire si on nous apprenait ça en cinquième…

À force de planer, impuissante, j'aperçois enfin Gianni qui marche d'un pas vif avec Pietro Catane. Ils ont l'air de savoir où ils vont, mais ce n'est qu'une apparence.

Tous les cinquante pas, ils s'arrêtent et découvrent, comme je découvre, médusés, le ramassis d'aventuriers, de voleurs, de criminels, de marchands, d'illuminés, de putains, que la croisade charrie. Si les femmes sont parfois des victimes, elles sont aussi parfois commerçantes d'elles-mêmes, on desservirait la cause en ne le reconnaissant pas.

Tous les cinquante pas, ils discutent, tentent de dissuader les guerriers de leur quête sanglante. En vain. On ne fait pas tout ce voyage pour écouter des mots de dépouillement et de joie parfaite à quelques encablures du champ de bataille.

Gianni s'enquiert aussi du cardinal Pélage et on lui indique la tente d'où l'ambitieux bénédictin, transformé en général d'armée, dirige les opérations.

Pour les suivre dans la tente, je m'éjecte et j'abandonne mes plumes.

Je me résigne à repartir en mouche en dépit de ma résolution de ne plus jamais le faire. Dans ce campement cauchemardesque, c'est ce qui a le plus de chances de passer inaperçu. Il suffit que je ne me laisse pas tenter par la crasse et la viande morte qui pullulent.

J'ai commencé à compter, quand voilà qu'on toque à ma porte.

Celle de ma chambre du vingt-et-unième siècle.

– Je suis occupée !

Derrière la porte, ça dit :

– On va voir *Les Banshees d'Inisherin* au cinéma, tu viens avec nous ?

On s'intéresse à moi en haut lieu universitaire ? Bien tenté, les *Banshees*, mais sans façon.

– Non merci, ça me dit rien, je suis focus sur mon exposé, là.

– Quoi ?

– J'ai pas le temps !

Mes parents ne se rendent pas compte de leur futilité.

Ils m'ont tellement déconcentrée qu'il me faut un moment pour devenir mouche et retrouver la tente de Pélage et les cheveux de Gianni.

S'il ne peut ignorer son existence, le cardinal ne l'a jamais rencontré. Aujourd'hui, il a des préoccupations autrement importantes. Aussi écoute-t-il distraitement son visiteur. Il a hâte d'en finir, ça se voit. Il entend les mots *dialogue, conciliation, paix,* pense à une fanfaronnade, se moque presque, avant de prier les deux frères de s'occuper de leurs oignons et de laisser les soldats faire leur métier.

Le sultan Malik al-Kamil a proposé d'échanger Jérusalem contre Damiette pour éviter l'affrontement mais Pélage veut Jérusalem ET Damiette, il veut convertir l'infidèle, il veut tout.

Son entêtement fanatique conduira la cinquième croisade au fiasco. Mais on n'en est pas là. Gianni espère encore empêcher le désastre.

Il décide de passer outre au consentement du prélat et d'aller parler au sultan.

Quelques bonnes âmes cherchent à le dissuader : on ne sait pas de quoi sont capables *ces barbares*.

Gianni n'est pas du genre qu'on dissuade. Il prend avec Pietro Catane le chemin qui mène aux portes de la ville.

Des cadavres putréfiés à bâbord me distraient. Je m'enfouis plus profondément dans les cheveux de Gianni pour éloigner la tentation. La gourmandise est un vilain défaut, et mieux que tapie dans la chevelure de l'aimé, il n'y a pas.

La porte s'ouvre devant les deux Ombriens qu'on prend pour des envoyés de Pélage venus négocier.

Leur tenue modeste en revanche, étonne. D'habitude, les émissaires sont plus élégamment vêtus.

On les conduit devant le sultan.

Les biographes ne disent rien de la conversation qu'ils ont eue, ni de l'étonnement qui fut le leur en découvrant le palais du *barbare*. Aujourd'hui, les voyageurs rédigent des carnets de voyage. Gianni n'en avait ni le temps ni l'envie. La postérité imagine. La mouche dissimulée dans la chevelure de Gianni fait le plein d'images avec ses yeux panoramiques qui lui permettent de voir derrière sa tête.

Le faste et le raffinement se déploient à profusion dans le palais de Malik al-Kamil, tant au niveau de l'architecture que de l'élégance des costumes. Digne fils de drapier,

Gianni y est sensible. Les murs aux sculptures recouvertes de couleurs vives, les parfums envoûtants – musc, oliban, benjoin –, les tapis, tabourets, plateaux sur pieds, coussins, tout l'étonne et l'éblouit.

Le sultan réprime un regard furtif sur la robe de Gianni – il porte celle qu'il préfère, en laine de chèvre gris pâle. Il l'a depuis si longtemps qu'elle est rapiécée par endroits et par ses soins, de carrés d'étoffe plus foncés ou plus clairs. Il sait coudre, il a appris tout jeune à le faire.

Malik chuchote quelques mots à l'oreille d'un de ses serviteurs et invite ses deux hôtes à s'asseoir.

On leur sert du vin et des douceurs sucrées auxquelles j'ai un mal fou à résister, tandis qu'un musicien prend sa vièle et se met à chanter. Les paroles en arabe échappent aux compagnons, un interprète y pallie en les leur traduisant. Il s'agit d'un chant d'amour pour une dame inaccessible. On n'est pas loin de l'inspiration des troubadours qui sillonnent l'Europe.

Gianni ne s'attendait pas à découvrir tant de points communs avec cet *ennemi de la chrétienté*.

Malik s'en rend compte et s'en réjouit. C'est un homme intelligent qui en a plus que sa claque de cette guerre et qui trouve les Français, les Germains et les Latins vindicatifs et ridicules.

– Des *barbares*, dit-il par l'intermédiaire de son traducteur.

Gianni sourit.

Ils ont presque le même âge. Leur entente est immédiate.

Les deux Ombriens, qui ont reçu un enseignement religieux succinct et bridé par le dogme, découvrent que les cinq premiers livres de l'Ancien Testament sont communs aux trois grands monothéismes. Gianni n'a plus aucune raison de vouloir convertir Malik, puisqu'il connaît déjà tous les prophètes qui leur sont familiers : Ieshoua, que les Musulmans nomment Ïssa même si, pas davantage que les Juifs, ils ne le reconnaissent comme le messie, Adam, Abraham-Ibrahim, tous les grands prophètes, jusqu'au dernier en date, Muhammad le plus important pour lui, depuis que l'ange Gabriel – celui qui murmurait à l'oreille de Marie – lui a parlé. Pas davantage que Ieshoua, Muhammad n'a écrit une ligne. Ce sont leurs disciples qui ont écrit ce qu'ils disaient, où ce qu'ils ont cru comprendre qu'ils disaient.

– Il n'y a qu'un Dieu, dit Malik, Il est le principe, le grand Tout.

Là aussi, Gianni est d'accord avec lui.

Leur conversation, hélas, ne pèse pas lourd dans la balance guerrière.

Quelques heures plus tard, les deux Ombriens prennent congé après avoir refusé les pierres précieuses et l'encens que Malik leur offre comme il a coutume de le faire avec ses hôtes de marque. Gianni refuse aussi le manteau brodé d'or, en joignant les mains pour que le sultan comprenne qu'il est touché, vraiment, mais qu'il ne peut pas accepter, ce serait contraire à leur règle de pauvreté.

Avant qu'ils ne franchissent les portes de la ville, un serviteur du sultan les rattrape encore avec une dernière offrande : deux robes qui ressemblent aux leurs, simples et douces, en laine de chameau. Cette fois, ils acceptent de gaieté de cœur.

Gianni n'a pas mené à son terme la mission qu'il s'était fixée. Pélage n'a même pas pris la peine de le recevoir et d'écouter son récit qui ne l'aurait d'ailleurs convaincu de rien.

Sur le chemin qui les ramenait à Assise, peut-être les deux compagnons se sont-ils demandé, un peu désespérés, quand les humains cesseraient de se détruire sous des prétextes aussi futiles qu'aberrants.

Le lendemain de mon *voyage en Terre Sainte*, j'ai eu droit à une discussion absurde pendant le dîner familial.

– Si tu voulais, comment dire, euh, embrasser une religion, quelle qu'elle soit, on comprendrait, s'est lancée ma mère.

C'était plutôt abrupt, sans entrée en matière, après deux verres de côtes-du-rhône.

– Non, on ne comprendrait pas, a rectifié mon père, le regard noyé dans le cassoulet acheté chez le traiteur du coin.

– Non, c'est vrai, on ne comprendrait pas, convient ma mère, mais on pourrait en parler. Calmement.

– Je vois pas du tout à quoi vous faites allusion, je leur mens, outrée, réalisant qu'un de mes géniteurs a dû fouiller dans l'historique de mes recherches pour que j'aie droit à cette conversation surréaliste.

Rien à foutre de la religion, je suis juste amoureuse d'un saint, j'ai pensé. Mais je l'ai gardé pour moi.

Il était hors de question que je galvaude une histoire que je ne parvenais même pas à partager avec toi, ma seule amie.

– Bon, a dit ma mère à moitié soulagée, en se servant un troisième verre de côtes-du-rhône.

Mon père s'est contenté de me lancer un regard incrédule, ou circonspect, difficile à dire, et ils ont recommencé à discuter entre eux en dégustant leur cassoulet.

– Le Nobel de littérature à Annie Ernaux, c'est quoi leurs critères ?

– Ils l'ont bien donné à Modiano en 2014…

– Je ne vois pas le rapport.

– Peut-être. Il n'empêche qu'accepter un million d'euros de la fortune du type qui a inventé la dynamite, c'est immoral. Sartre a bien fait de refuser…

Et cætera.

Pour une fois qu'ils s'intéressaient à ma vie…

La pensée qu'ils pourraient encore se pencher sur mon existence parallèle m'a fait redoubler de précautions. À partir de ce jour, j'ai pris soin d'effacer chacune de mes nouvelles recherches et j'ai planqué mes notes sous la pile de mes sweats d'hiver. Je ne les portais plus depuis que les températures s'étaient radoucies. Ça ne pouvait donc venir à l'idée de personne de s'en approcher sous prétexte de les laver. Bon. D'une façon générale, ça ne venait à l'idée de personne d'ailleurs, mais on n'est jamais trop prudent.

Le danger provisoirement écarté, j'ai pu me consacrer au retour de Gianni de son long périple oriental.

Chaque année, la confrérie organisait deux grands rassemblements pour accueillir les membres des autres provinces. Comme elle ne cessait de grandir, ça commençait à faire du monde. Ils étaient maintenant plus de cinq mille à se réunir en une sorte de gigantesque pique-nique avec veillée autour du feu, style scout.

En l'absence de Gianni, croyant bien faire, les frères avaient édifié une bâtisse rudimentaire à quelques mètres de la Porziuncola pour accueillir les voyageurs venus des quatre coins du pays. Il ne pleut pas souvent à cette époque de l'année mais sait-on jamais, il fallait pouvoir abriter tout le monde si cela se produisait. Armés de poutres et de mortier, tous ont travaillé d'arrache-pied pour en faire la surprise à leur futur saint adoré.

Ils sont presque au bout de leurs peines quand il revient.

Les biographes mentionnent la scène comme une démonstration de son extrémisme. Ils ne le disent pas comme ça, bien sûr, ils parlent d'*intégrité*.

Clara est là avec une poignée d'autres sœurs, dont Pacifica. Elle a changé, mûri, mais si elle a renoncé à tout par amour, en elle subsiste, intacte, l'admiration amoureuse qui l'a conduite à ce renoncement.

Insinuée en elle, le cœur en chamade, je constate que le sien est à l'unisson quand Gianni et Pietro Catane arrivent. Ils ont l'air fatigués. Mais Gianni, qui boitait un peu quand il est apparu à la lisière du bois, retrouve toute son énergie en découvrant la foule fraternelle qui s'active au pied de l'édifice : une grange couverte de tuiles qui tient davantage de l'étable que du palais, mais c'est encore trop luxueux à son goût.

Après un premier instant de stupeur, il se dirige à grandes enjambées vers le bâtiment.

Ignorant Élie et Bernardo, et moi-Clara, qui arborions un sourire béat à son approche, il gravit les barreaux d'une échelle encore appuyée contre un des murs avec l'agilité d'un écureuil volant. Parvenu sur le faîte, il s'y installe à califourchon et commence à arracher les tuiles de terre cuite et à les balancer à la volée.

Ceux qui se trouvent à leur portée s'écartent.

Ceux qui ont sué sang et eau pendant des semaines par amour pour lui se désolent.

Certains, comme Élie Bombarone, qui a fait l'effort de participer à la pose des tuiles alors qu'il n'est pas manuel, sont furieux. Bernardo di Quintavalle, lui, est presque amusé que Gianni parvienne encore à l'étonner.

– C'est un fou ! crie quelqu'un qui ne l'a pas reconnu.

– Arrêtez-le !

Ieshoua aussi s'est fait traiter de fou quand il renversait les étals des marchands du Temple, mais ce n'était pas l'œuvre d'amour accomplie par ses frères qu'il fichait en l'air.

– Mais pourquoi fait-il ça ? s'étonne-t-on, consterné, après avoir appris l'identité du trublion.

La réponse arrive avec la volée suivante.

– *Ils ne doivent avoir ni chaussures ! Ni deux tuniques ! Et ils doivent prêcher le royaume de Dieu !* hurle Gianni pour que tous l'entendent. Est-ce là le royaume de Dieu ? Moi je ne vois qu'une maison bourgeoise où vous vous endormirez bientôt comme de gros moines béats !

Il ponctue chacune de ses phrases d'un lancer de tuiles et mime les gros moines béats avec tant de gourmandise que la consternation cède la place aux rires. Il jette encore quelques tuiles pour être sûr que le message est bien passé et les dernières miettes de colère se dispersent avec elles.

Redescendu de son perchoir, il passe près de moi et me cligne de l'œil avant de se diriger vers le puits pour se rafraîchir.

Quelques ablutions plus tard, après s'être changés, les voyageurs nous rejoignent et prennent enfin le temps d'embrasser, d'accoler. Pas moi, évidemment. C'est même étrange de retrouver une telle distance après avoir vécu l'intensité maximum avec Elmira.

Il échange quelques mots avec ceux dont il a détruit le travail et qui attendaient de lui des compliments plutôt que sa rage destructrice. Il explique :

– On sait où ça commence…

Peut-être.

Sur ce coup-là, j'avoue le trouver un peu trop radical. Offrir un toit à des voyageurs venus de loin pour le voir est affaire d'hospitalité. Ce n'est pas comme si les murs de la grange étaient faits de pierres de taille et couverts de tapisseries ou d'objets de valeur comme le palais du sultan. Le travail des frères tient plutôt de l'auberge de jeunesse… sans les sanitaires.

Dévotion oblige, beaucoup promettent à leur idole de dormir à la belle étoile pour lui complaire.

Ils sont si nombreux à lui bourdonner autour que je vais devoir me contenter de bourdonner avec les autres. Ce genre d'événement ne laisse aucune opportunité d'aparté et m'autorise au plus le statut de groupie. Alors je le dévore des yeux, je bois ses mots, et je le respire quand j'ai la chance qu'il passe près de moi.

Tout à l'heure, Sœur Clara regagnera son monastère et la fête se poursuivra sans elle. Elle ne risque pas d'être supplantée, les garçons sont bien chastes. C'est peut-être la consolation de son célibat : si elle ne peut pas étreindre Gianni, aucune ni aucun autre ne le peut.

La joie règne pourtant. Comme dans une cour de récréation bienveillante.

Beaucoup, parmi les compagnons de Gianni, sont, comme lui, de grands gamins farceurs. C'est la fête. On n'y boit pas – on n'a rien contre le sang du Christ mais il y a beaucoup trop de monde à abreuver. En revanche on y chante, prie, jongle et rit.

Les fans continuent d'affluer. Tous veulent le saluer ou l'étreindre…

Je me résous à regagner mon pâle vingt-et-unième siècle.

Gianni pourrait s'en tenir là, à cette réussite, la suite n'étant que prosélytisme pour accroître les troupes. Il va se lasser de la gloire. Il se lasse peut-être déjà.

Il a contribué à bouter le Germain hors d'Ombrie, mais il n'a pas pu empêcher la croisade, et il n'est pas venu à bout de la richesse indécente de l'Église. À supposer qu'elle soit possible, c'est le genre de réforme qui prend du temps. Le meilleur moyen de changer une institution n'est pas toujours la révolution. S'y atteler de l'intérieur au risque d'y égratigner son âme n'est pas forcément voué au succès non plus. La pureté n'a pas d'avenir. Dès qu'elle se pointe, les prédateurs accourent l'emprisonner dans leurs règles.

Élie Bombarone a rejoint la fraternité après avoir étudié à Bologne. Il connaît Gianni depuis toujours mais, contrairement à lui, il aime l'étude. Il affirme que les livres sont le fondement de la sagesse et veut installer une cellule de moines copistes au sein de l'ordre. Ça n'a rien d'extraordinaire : presque tous les monastères en ont une.

Sauf que Gianni ne veut pas en entendre parler. La culture, dit-il, conduit au sentiment de supériorité.

Lui prône l'humilité, Pietro Catane le soutient. Tant mieux.

Mais ces querelles intestines le désolent au point qu'il commence doucement à lâcher l'affaire. Il ne veut plus que le transcendant, le grandiose, il se radicalise encore, si tant est que ce soit possible. Il échappe à tout le monde.

Il m'échappe.

À Clara aussi, il échappe. Je ne sais pas si elle mène la vie qu'elle imaginait en la lui vouant. Les moniales vivent cloîtrées. Elles n'ont pas le même mode de vie que les moines qui vont par monts et par vaux prêcher la bonne parole. On n'imagine pas des femmes courir les chemins à la merci des appétits masculins.

Elle est donc vouée à l'attente. Parce qu'avec ou sans canne, en dépit de ses os qui le font souvent souffrir, Gianni voyage encore beaucoup, et Clara ne sait jamais quand il va revenir – ni s'il va revenir. Dans trois semaines ou trois mois. Il pourrait aussi mourir au loin, ou décider d'y rester, elle ne le saurait pas tout de suite.

En guise de réseau : des messagers à cheval et des pigeons voyageurs pour les événements importants.

La mort de Gianni en serait un, mais la nouvelle ne parviendrait pas à Clara avant plusieurs jours.

Les autres actualités circulent à pied ou en charrette avec les marchands et les artistes, elles prennent leur temps.

Peux-tu imaginer, Masha, une époque sans portable et sans SMS qui nous fait redouter le désamour quand le destinataire n'a pas répondu dans le quart d'heure ?

Ça relativise tout de vivre dans l'incertitude. Je devine l'attente de Clara peuplée de réminiscences nourrissantes et de frissons à la pensée de celui dont elle espère le retour. Mais peut-être que je confonds, peut-être que c'est moi qui ressens ces choses, et pas l'autre Clara, *la vraie*, la sérieuse.

L'amour donne des forces à celui qui aime, celles d'endurer la monotonie des jours et l'absence de caresses. Ce n'est pas la foi qui renverse les montagnes, c'est l'amour.

Et si c'était la même chose ? Après tout, les moniales prêtent serment en tant qu'épouses de Jésus – sacré harem…

Gianni a trente-huit ans, Clara vingt-six. Elle est la cheffe – l'abbesse – de l'ordre des Pauvres Dames. Le bâtiment proche de San Damiano où elle réside avec les femmes qui l'ont rejointe se trouve à peine à trois kilomètres – environ une demi-lieue – à vol d'oiseau de la Porziuncola.

Gianni continue de lui rendre visite quand il n'est pas en voyage. Ils ont plaisir à se retrouver dans le jardin du couvent si le temps est clément.

Ils sont amis, au minimum. Je ne sous-entends rien, presque rien. Gianni a tant lutté contre ses appétits charnels qu'il a sans doute fini par en venir à bout. Mais trente-huit ans, ce n'est pas vieux au point que le désir se soit évanoui. Je ne sais pas si tout le monde parvient au stade de l'évanouissement, ni si c'est une question d'âge puisqu'il y a de plus en plus d'asexuels.

Il se passe quoi entre eux en dehors des parlottes ? Rien en tout cas qui ait valu d'être relaté dans les hagiographies ou les biographies. Mais ce serait dommage de laisser passer une occasion de m'immiscer et d'influer sur le cours des choses.

Je me concentre sur Clara, sur le bois d'un banc sous mes doigts, sur les pépiements d'oiseaux…

1, 2, 3, 4, 5…

Je-Clara suis assise sous un hêtre immense au fond du jardin, l'endroit que je préfère, là où orties, coquelicots, épilobes, plantain, bleuets, armoise foisonnent pour la plus grande joie des papillons, bourdons, abeilles, osmies, guêpes, syrphes…

Gianni, qui préférait les herbes aux livres, recommandait de laisser une partie en friche dans les jardins des monastères et des couvents pour que le sauvage ait sa chance.

Il me rejoint à l'abri des regards des sœurs qui jardinent à une vingtaine de pieds de là – une petite centaine de mètres – à dessein, pour nous laisser bavarder. Leurs voix et leurs rires nous parviennent étouffés, dilués dans le chant des oiseaux et les couinements d'une musaraigne.

Je porte une longue robe informe à capuche en fine laine grise délavée. Pas très glamour, mais laissant une grande liberté de mouvements. Gianni porte celle offerte par le sultan, couleur de sable. Elle le suit partout désormais. Si les chemins l'ont un peu fatiguée, les fibres en sont si résistantes qu'il n'a pas encore eu besoin de la réparer.

De petites ondes de désir naviguent de moi à lui et un simple frôlement m'émoustille. Involontaire bien sûr, le frôlement, puisqu'interdit. Quand je shifte en Clara, c'est déjà beaucoup. Pour l'instant, il ne s'aperçoit pas de mon trouble, heureusement, il pourrait lui faire écourter sa visite.

Le silence nous enrobe, jusqu'au moment où Gianni le fait voler en éclats.

– Je déteste les foules, dit-il soudain, comme s'il achevait une pensée à voix haute.

Loin de m'attendre à une telle entrée en matière, je mets plusieurs secondes à réagir.

– Elles te suivent pourtant…

Il soupire.

– Oui… et c'est effrayant.

– C'est normal, tu es célèbre. C'est ce que tu voulais, non ?

– Ça ne ressemble pas à ce que j'imaginais.

Là, brusquement, me vient l'idée bien folle et bien perchée que si Gianni shiftait lui aussi, il pourrait me rejoindre dans notre siècle où la médecine le guérirait. Il apprendrait en outre des tas de choses qu'il ignore et il n'aurait peut-être plus du tout envie de devenir célèbre, ni moine, ni saint.

Après tout, aucune technologie n'est requise pour shifter. Si ça se trouve, des tas de gens l'ont fait, de tout temps, par hasard, sans comprendre ce qui leur arrivait, et si effrayés à la pensée de devenir fous qu'ils n'en ont parlé à personne. Pour un habitant du douzième siècle, être plongé dans le monde du vingt-et-unième ou même du vingtième ou du dix-neuvième siècle, devait être particulièrement flippant.

Il ne m'est encore jamais venu à l'idée de shifter dans le futur, il me fait trop peur.

Sitôt pensé, sitôt exprimé : j'explique à Gianni comment shifter, avec tous les détails, sauf que je ne dis pas *shifter* bien sûr, je dis, *se transporter par l'esprit*. Il m'écoute attentivement, beaucoup plus attentivement que mes parents, puis réfléchit un peu avant de conclure :

– À supposer que ce que tu dis soit possible, ça me servirait à quoi de voyager dans le temps ? Il y a déjà tant à faire ici que je n'aurai pas assez de ma vie pour en venir à bout.

Évidemment.

Je pense à notre époque, à la technologie, aux guerres, au climat, à ce que les religions sont devenues. Il y a bien sûr des avancées louables comme la médecine, l'éducation, les démocraties, les droits des femmes. Mais sur le principe, comment ne pas lui donner raison : il y a déjà tant à faire, là où il est.

– Regarde, dit-il en me montrant une primevère sauvage, haute sur tige, avec ses petites gueules jaunes. Ne la cueille pas, surtout, elle est vivante.

Sa sœur, la fleur...

– Regarde-la vraiment. Comment peut-on se lasser de sa délicatesse et de son parfum ? Comment désirer être ailleurs quand existent ici tant de choses dont on n'est pas encore rassasié ?

La tentation de l'*ailleurs* est si puissante en notre siècle que les hommes habitent négligemment, au point de projeter l'exploration d'autres planètes alors qu'ils ont échoué à préserver la leur, alors qu'ils continuent à bousiller la leur.

Je me sens un peu stupide quand le chant d'un pinson vrille soudain le silence comme pour en souligner la beauté. Inéluctable humaine, j'ai envie d'être consolée et de prendre la main posée sur le banc, si près de la mienne.

– Gianni…

– Tu sais que tu es la seule à m'appeler encore Gianni. Avec ma mère.

– Giovanni est ton nom de baptême.

– Pauvre papa… J'aime bien aussi Francesco, c'est rare.

– C'est toi qui es rare, mais pour moi tu seras toujours Gianni, mon Giannino…

– Tu ne devrais pas m'appeler comme ça. On pourrait croire que tu es amoureuse de moi.

– Je le suis peut-être.

Il me regarde, inquiet, l'air de se demander si je parle sérieusement, prend le parti d'en sourire.

J'enfourche mon cheval de bataille.

– Si Dieu est tout et qu'Il a tout créé, Il a créé aussi le plaisir qu'un homme et une femme peuvent se donner.

C'est peut-être une manière de se rapprocher de Lui, et même, un hommage, que de s'y adonner ?

– Le plaisir dont tu parles nous maintient au contraire à l'écume des choses, il nous empêche de nous élever.

– Qu'est-ce qui te fait croire ça ?

– Tu es encore dans un de tes jours bizarres… dit-il, le sourcil froncé.

Comment Clara lui parle-t-elle quand je ne suis pas en elle ?

Que m'importe, j'insiste, lourdement.

– Pourquoi Dieu nous aurait-Il donné un corps et la possibilité d'en jouir si on doit s'en retenir ?

– Cette particularité est l'œuvre du Diable, pour nous éprouver.

– Mais si plus personne ne fait l'amour, il finira par ne plus y avoir d'humains sur Terre…

– Serait-ce un mal ?

– Si Dieu a fait l'homme à Son image, pourquoi a-t-Il créé le mal ?

– C'est Satan qui a créé le mal.

– Ah oui bien sûr, c'est Satan, le plus beau des anges ! Sauf que si rien n'existe en dehors de Dieu, c'est Lui, forcément, qui a créé les anges, donc Satan.

– Tais-toi !

Il s'est levé d'un bond, il va partir.

– Je suis désolée ! Pardonne-moi, je ne vais plus rien dire. Reste encore un peu, s'il te plaît. Je me pose des questions et ça me fait du bien de t'en parler. J'aimerais tant trouver le moyen de t'éviter de souffrir !

– Aime Dieu, Il le mérite mieux que moi. Et je ne souffre pas tant que ça, il y a pire.

Je tente encore de le faire vaciller, j'enfonce le clou, littéralement.

– Les stigmates, c'est immonde. Tu es déjà célèbre, tu n'as pas besoin de ça.

– Les quoi ?

J'avais oublié que le mot n'existera pour les désigner que lorsqu'il les aura inaugurés…

*

Le mot stigmatisé *vient du grec* stigma *c'est-à-dire* marque au fer rouge. *Les stigmates sont des plaies aux mains, aux pieds et au flanc comme celles que présentait le plus célèbre des crucifiés. La médecine moderne les a rangés parmi les symptômes d'ordre psychosomatique. Ce phénomène étrange que Gianni est le premier à arborer fera d'autres « victimes », dont certains reconnus par l'Église, comme Catherine de Sienne.*

*

– Je veux dire saigner comme Jésus. Il y en a qui… enfin non, pas encore. Imagine que par amour pour lui tu veuilles expérimenter sa souffrance sur la croix, tu vois, c'est…

Je patauge. Je me demande ce qui m'a pris de mettre ça sur le tapis. D'autant que ça n'a aucun sens puisque ça n'a pas encore eu lieu. Mais comment l'empêcher si je ne le préviens pas ?

– … je veux dire que personne n'est tenu de souffrir à ce point. Ce serait… pervers.

Les rides du lion viennent encore bousculer son front. Il a à nouveau pris place près de moi comme pour mieux plonger dans les abîmes de la perplexité. Jusqu'au moment où…

Mais oui ! semble dire la lueur qui vient éclairer son regard, *quelle idée magnifique ! Saigner comme lui…*

Je croyais qu'il avait renoncé au scoop, à l'inédit, à l'ébouriffant, au jamais vu, jamais fait. Je me trompais.

Mais oui ! Pourquoi ne pas saigner, comme son héros ?

Si ça se trouve, il n'y avait encore jamais pensé et je viens de le lui suggérer. J'espère que je pèche par orgueil et que ça lui serait venu de toute façon, sinon, ça veut dire que je suis infréquentable à travers les siècles…

Poursuivant sa pensée, il dit :

– Si Jésus n'avait pas été martyrisé sur une croix, penserait-on encore à lui ?

Peut-être pas. Mais si ça avait été en son pouvoir, il aurait zappé la crucifixion, il n'était pas masochiste.

Jusqu'au bout, il a cherché à l'éviter, c'est avéré, il a prié pour qu'elle n'ait pas lieu… Il avait peur. Normal.

– Jésus, d'accord, admettons. Mais l'imiter serait présomptueux, non ? Tu es malade déjà, pourquoi en rajouter ?

– Personne n'a marqué son temps avec une maladie des os.

Il a raison, encore.

Ça changerait quoi s'il n'avait pas les stigmates ? On lui accorderait quand même la sainteté ? Sûrement. On l'a accordée à des tas d'autres. Pas besoin d'être stigmatisé pour ça.

Au lieu de l'entretenir d'une chose qu'il n'envisageait même pas, je ferais mieux de profiter de l'instant où il se trouve si près de moi que je peux sentir son souffle quand il me parle.

Un merle se lance dans une improvisation délicate. Gianni lève les yeux et son visage aussitôt s'apaise. L'oiseau ponctue son chant de silences à l'issue desquels il reprend son motif pour le développer sur un autre tempo, imprévisible. Le profil de mon aimé découpé dans le bleu du ciel me chavire, c'est l'instant parfait. Tant qu'à le briser, autant avoir une bonne raison.

Une bouffée d'audace venue du fond de mes entrailles me pousse vers Gianni. Je profite de sa contemplation pour effacer l'espace qui nous sépare et… je l'embrasse.

Ce n'est pas la première fois, mais c'est la première fois, tant ce baiser est autre que celui échangé depuis le corps d'Elmira. Même le goût en est différent.

Gianni est si abasourdi qu'il ne réagit pas tout de suite, ne me repousse pas tout de suite.

J'ai le temps de m'imprégner de la saveur et de la texture de sa bouche.

Mais voilà qu'il s'éveille comme au sortir d'un songe ou d'une symphonie avienne dont le baiser aurait été le point d'orgue, et qu'il me repousse doucement, fermement.

Il dit :

– Tu t'égares, petite sœur, ressaisis-toi.

Je plaide :

– Aimons-nous, je t'en prie, personne n'en saura rien, jamais ! Je resterai près de toi et je te soutiendrai dans les épreuves qui t'attendent, ça ne t'empêchera de rien mais mon amour sera un baume sur tes douleurs…

Il ignore ma supplique et se lève.

– Cette chose ne doit plus jamais se reproduire. J'ai une mission, tu comprends ?

– Oui, je comprends la mission. Jésus aussi en avait une, mais personne ne peut assurer sérieusement qu'il n'avait pas de femme. Ce n'est écrit nulle part. Cette Miriam qu'on appelle Marie de Magdala, celle que Jésus aimait…

Ne me touche pas ! avait dit Ieshoua à Miriam quand il lui était apparu, soi-disant ressuscité. Ça laisse entendre qu'elle s'apprêtait à le faire et que ça lui était naturel. Philippe, dans son évangile, a écrit : *Le Seigneur aimait Miriam plus que tous les disciples et il l'embrassait souvent sur la bouche.* Certains historiens sont même allés jusqu'à affirmer que Ieshoua était en couple avec Miriam et qu'ils ont eu des enfants, deux, au moins.

– Tu blasphèmes, petite sœur.

– Tu es sûr que Jésus a interdit à ses ministres de faire l'amour ? Vraiment sûr ? Tu ne doutes jamais ?

Il ne répond pas, s'éloigne. Je le suis.

– Tu ne doutes jamais, Gianni ?!

Il ne répond pas. Force l'allure.

– Tu doutes ! J'en étais sûre ! Tu doutes tu doutes tu doutes !

Je suis éjectée.

J'ai vu la peur dans son regard. La colère ? Plus tard, en y repensant, il m'a semblé que c'était plutôt de la tristesse, mêlée d'un amour infini. Un amour navré.

À mesure que l'Église étend son aile comme une ombre castratrice sur sa vie, Gianni devient de plus en plus triste. Longtemps, les moines qui se hasardaient à rire ont été punis du fouet ou contraints au jeûne forcé, sous prétexte que Jésus n'a jamais ri. Quelle drôle d'idée que celle d'un messie grincheux. Dieu aurait donc créé l'humain austère. À moins que ce ne soit la punition de l'homme pour avoir mangé le fruit dont Satan déguisé en serpent lui a vanté les délices.

Personne ne sait exactement quel fruit, dommage, il fait envie.

– C'est une image, dirait Bernardo di Quintavalle.

– Oui. Mais… quel fruit ? répéterait Gianni, rêveur.

Le rire serait donc diabolique. Tout comme le sexe qui ne sert pas à avoir des enfants. Tout comme le baiser qui ne sert que le plaisir.

Savais-tu, Masha, que des chercheurs néerlandais ont analysé la salive de plusieurs couples après neuf baisers mouillés d'au minimum dix secondes dans la même journée ? Rien que ça, c'est étonnant déjà : avoir enquillé toutes ces années d'études pour se lancer dans l'étude du baiser mouillé, avoue.

Le résultat de l'étude n'est pas moins stupéfiant : les langues des volontaires sont marquées à vie par les bactéries de la langue avec laquelle ils ont fricoté. À vie ! Moralité : bien réfléchir avant d'embrasser quelqu'un.

J'aurais aimé que Gianni soit marqué à vie par mes bactéries, ça m'aurait un peu consolée de la suite. J'ai peur hélas que notre baiser n'ait été ni assez *mouillé*, ni assez long. Et les bactéries Offreducio auraient sans doute eu la préséance sur les miennes.

Mon envie de changer le passé et de faire que ce qui a eu lieu n'ait pas lieu ne m'a pas encore tout à fait quittée.

Ça peut paraître insensé, mais où sont les frontières ? Dans nos *vrais* souvenirs, où sont-elles ? Les psys disent qu'elles sont malléables.

Entre autres expériences surprenantes auxquelles les scientifiques s'adonnent, ils ont inculqué sous hypnose à des cobayes des faux souvenirs. Puis ils leur ont demandé de se remémorer ces choses qui n'avaient jamais eu lieu.

Les cobayes l'ont fait, de bonne foi, convaincus de les avoir réellement vécues, au point d'y ajouter des détails, des odeurs, des couleurs. Ça a confirmé ce dont les chercheurs se doutaient : tout le monde modifie ses souvenirs inconsciemment. Pour éviter de souffrir ou pour enjoliver, on ne peut tout simplement pas s'en empêcher. Ça reste bénin tant que ça ne conduit pas à faire condamner des innocents dont on soutient mordicus qu'ils ont fait tel truc répréhensible, alors que non.

Quand je parle avec Gianni, je lui dis des choses que Clara ne lui a jamais dites, et je l'ai embrassé, ce qui ne leur est sans doute jamais arrivé. C'est toujours une mauvaise idée, d'essayer de changer l'autre, même si le mobile – le protéger de lui-même – est louable. C'est valable à n'importe quelle époque et pour n'importe quelle sorte d'amour. Je le sais, tu le sais, nous le savons.

Si seulement ça pouvait nous éviter de tenter le coup quand même.

J'aurais pu shifter pour revivre ce baiser parfait. Je ne l'ai pas fait.

Je me suis même interdit de le revivre en pensée. Pas par sagesse mais, plus égoïstement, par crainte que mon souvenir s'étiole, ce qui guette les souvenirs dont on se sert trop souvent.

Il m'arrive de me demander si je suis *normale* et, en même temps, de m'en foutre. Je sais que j'énerve les gens quand je fais mon intelligente. C'est la faute de mes parents si je donne parfois l'impression d'être une vieille ado. C'est à cause d'eux que je remplis mon cerveau de choses dont les gens de mon âge n'ont rien à battre.

Mais c'est juste abstrait, ce n'est pas le fruit d'une longue vie de réflexion.

La vérité, c'est que j'étais très loin d'être sage ou blasée. Ma vie me faisait peur. Mes vies.

Pas au point cependant de m'empêcher d'aller rejoindre Gianni encore et encore. La peur était comme une pédale qui me servait à la fois de frein et d'accélérateur.

J'y retournais. Et aussitôt mes sens s'allumaient.

Aujourd'hui, j'ai dix-sept ans un peu plus qu'et demi. Au douzième siècle, j'en ai vingt-huit, comme Clara, et je contemple étonnée son corps-mon corps qui vieillit déjà. Je ressens une sorte de lassitude à regarder l'homme que j'aime s'étioler chaque jour davantage. Pas chaque jour en fait, puisqu'ils ne se voient pas tous les jours. Chaque fois qu'ils se voient, elle-je remarque un petit sillon qui naît ici ou là, une joue qui se creuse, le pli d'amertume qui commence à griffer sa bouche.

Dans un couple, on s'habitue lentement à la décrépitude de l'autre. Je suppose que c'est obligé, si on veut que l'amour ait une chance. J'ai imaginé l'autre jour en regardant mes parents ce qui se passerait si l'un d'eux s'absentait vingt ans comme Ulysse, et qu'à son retour, il retrouvait un vieux ou une vieille : gros bidon, dos voûté, pied moins leste, dents manquantes, cheveux rares ou absents. S'aimeraient-ils encore ? Se seraient-ils aimés s'ils avaient su à quoi ils ressembleraient plus tard ? Je suis persuadée que mes parents ne tiendraient pas vingt ans sans se voir avec de l'amour intact. Déjà qu'ils ne se privent pas d'avoir des aventures. Ils ne s'en cachent même pas.

J'avais de plus en plus de mal à comprendre pourquoi Gianni s'entêtait dans ses choix et je voyais bien qu'il était désormais habité par une sorte de… grâce.

Il était un peu comme les chats : plus tout à fait incarné et pas non plus tout à fait ailleurs.

Là où il allait, je ne pouvais pas aller.

La tuberculose osseuse, son envahissante compagne depuis les geôles de Pérouse, commençait à le dévorer. Il était de plus en plus souvent forcé de renoncer à un voyage.

Comme si ça ne suffisait pas, les stigmates s'en sont mêlés. Ses mains, ses pieds, son flanc ont commencé à saigner, il fallait les panser sans cesse. Cette fois, c'était fini, il ne pouvait plus marcher.

J'avoue que la pensée m'a d'abord traversée qu'il s'était lui-même écorché. Ça me semblait d'autant plus vraisemblable après notre conversation shiftée au cours de laquelle je les lui avais suggérés.

À ce moment de sa vie, il ne pouvait espérer davantage que ce qu'il avait déjà : un ordre avec sa propre règle et une communauté grandissante.

Un autre que lui aurait considéré ça comme une belle réussite.

Un autre que lui aurait eu comme projet de gravir les échelons pour devenir évêque ou cardinal, ou même pape.

Mais Gianni n'aime pas les sentiers battus.

En revanche, il n'a toujours pas renoncé à arpenter ceux qui mènent à la gloire, quitte à les parcourir à genoux. La souffrance, il connaît, depuis plus de vingt ans que sa maladie le tourmente, il l'a apprivoisée. Alors trouer ses mains, ses pieds, son flanc, réveiller chaque jour les blessures pour éviter qu'elles cicatrisent, quelle idée géniale !

Quelle pensée sacrilège…

Oui, je suppute sacrilègement. Sacrilège ment ?

On n'a aucune preuve qu'il ait fait une chose pareille. Aucune preuve de rien. Comme souvent avec les saints, les prophètes et les messies, on n'a que des témoignages plus ou moins distants des faits. Et on sait désormais ce qu'il en est de la mémoire…

Gianni a demandé à ses compagnons de garder le secret sur ce qui lui arrivait, c'était évidemment le meilleur moyen pour qu'ils en parlent.

Ça ne loupe pas. On en parle. En loucedé.

Pendant que Gianni souffre le martyre, le monde s'esbaudit. Une nouvelle case est cochée vers la canonisation.

On l'exhibe. Comme il ne peut plus marcher, on le promène sur un âne. Pourquoi un âne pour ce cavalier émérite ? Parce que Ieshoua ?

Il faut le protéger de la foule qui veut l'approcher, le toucher, hystérique, lui arrachant des lambeaux de tunique comme autant de talismans censés les guérir, ou au minimum leur porter bonheur.

Il se chuchote qu'*il saigne comme Jésus*, alors peut-être qu'il fait des miracles aussi ?

Il se chuchote qu'il en a fait.

D'aucuns prétendent même avoir vu un halo de lumière autour de sa tête.

– Tous fêlés ! bougonne Gianni à l'oreille du frère qui l'aide à descendre de son âne.

Peut-être qu'il n'a pas dit ça. Peut-être qu'il a dit quelque chose du même style en ombrien médiéval.

Ou bien c'est moi.

Ce qui est sûr, c'est qu'il rentre de ces *tournées* aussi épuisé qu'une rock star, le vêtement déchiqueté. Aussi ne porte-t-il plus que ses tuniques rapiécées pour ces *promenades*. Il garde celle du sultan à l'abri de sa chambre.

Comment désirer vivre encore avec des plaies béantes ?

Si Ieshoua n'a survécu que quelques heures grâce au soldat qui a abrégé ses souffrances d'un coup de lance, les autres crucifiés ne mouraient généralement pas avant plusieurs jours et finissaient grillés par le soleil et dévorés par les rapaces.

Gianni va supporter ses plaies des mois, des années même. Deux.

Il doit aussi composer avec la fièvre et une nouvelle maladie qui lui cause des maux de tête atroces et rend ses yeux hypersensibles à la lumière, le conduisant lentement vers la cécité. Des crises d'angoisse ponctuent le tout.

Il a quarante-quatre ans.

Clara lui fait porter des infusions de millepertuis mêlé de pavot, les anxiolytiques dont elle dispose au jardin et qui soulagent un peu sa douleur.

Il ne ressemble plus au David Bowie jeune qui me faisait chavirer, et pas non plus à David Bowie vieux.

Mais sa vision a beau s'obscurcir, il a toujours le regard clair.

Sa chair a beau se flétrir, il a toujours la bouche bien dessinée, le nez fin, le front large, juste un peu plus ridé.

Sa voix, elle, n'a pas changé. Elle a encore ce timbre vibrant qui jamais n'a failli à séduire son public.

Et justement, il va donner un dernier *récital*. Oui, c'est ainsi délabré qu'il compose le *Cantique des créatures* : l'ode à frère soleil. Un des plus grands tubes de tous les temps.

Pendant qu'il est occupé à souffrir, Pérouse s'est organisée en commune, comme Assise vingt ans plus tôt, échappant de ce fait à la tutelle du pape. Et comme Assise vingt ans plus tôt, cette émancipation provoque la colère de l'Église qui n'aime pas que les choses lui échappent et qui, pour y remédier, met de l'huile sur le feu en attisant la résistance des nobles. Bientôt plane la menace d'une guerre civile entre les partisans de la commune et les autres.

C'est alors que Gianni intervient pour éviter un nouveau bain de sang. Son côté Don Quichotte encore : il compose un cantique et réunit les deux camps pour le leur chanter. Un cantique !

On dit que la chance sourit aux audacieux.

On dit aussi : il ne savait pas que c'était impossible, alors il l'a fait[5].

Peut-on imaginer David Bowie chantant :

But the film is a saddening bore
'cause I wrote it ten times or more
It's about to be written again
...
We can beat them, just for one day
We can be heroes, just for one day[6] ?

---

5. Marcel Pagnol aurait dit : « Tout le monde savait que c'était impossible. Un ignare ne le savait pas : il l'a fait. » Mais s'est-il approprié la phrase après l'avoir reformulée ?
Mark Twain aurait dit : « They didn't know it was impossible, so, they did it. » La phrase étant aussi attribuée à Winston Churchill et à Einstein, il semble impossible de rendre à César ce qui lui appartient, autant s'y résoudre.
6. Extrait de *Life on Mars?* – Extrait de *Heroes*.

C'est un peu plus désabusé, mais si juste quant aux conflits. À tous les conflits.

Peut-on imaginer que, prenant conscience de l'inanité de leurs motivations à se détruire, les hommes décident, après l'avoir écouté, de ne pas se détruire ?

Je sais que je compare l'incomparable. Bowie n'était pas un saint et il n'adhérait à aucune religion.

Aussi inouï que ça puisse paraître, Gianni parvient à éviter la guerre avec son poème accouché dans la fièvre, une ode à la nature considérée comme la première œuvre littéraire en italien moderne – en ombrien, en fait.

Loué sois-tu, mon Dieu, pour sœur lune et les étoiles
que tu as créées dans le ciel
claires, précieuses et belles.
Loué sois-tu, mon Dieu, pour frère vent
pour l'air et les nuages
pour l'azur calme et pour tous les temps
qui maintiennent tes créatures vivantes.
Loué sois-tu, mon Dieu, pour sœur eau
si utile et nécessaire
et précieuse et pure.
Loué sois-tu, mon Dieu, pour frère feu
qui illumine la nuit,
il est beau et joyeux et puissant et fort.
Loué sois-tu, mon Dieu, pour notre mère la Terre

qui nous porte et nous nourrit
de ses fruits, de ses fleurs, et de l'herbe.

On peut trouver ça candide.

En ombrien, rimé et chanté, ça devait se tenir mieux, déjà.

Et puis si on écoute bien les paroles des tubes, on s'aperçoit qu'elles ne tiennent pas toujours la route côté contenu. La poésie prime, il faut que ça rime… désolée.

Gianni n'ayant pas laissé de partition, impossible de savoir quelle mélodie il avait prévue pour l'accompagner.

Tu pourrais penser qu'ayant shifté pour l'entendre, je dois avoir ma petite idée. Eh bien non. Je n'ai pas l'oreille musicienne et je suis incapable d'apprécier la musique autrement qu'avec mes tripes, qui sont tout sauf rationnelles. Aussi n'ai-je pu grappiller plus que quelques bribes que le réel s'est empressé d'effilocher.

Il va falloir appeler ton imagination à la rescousse ou… composer une nouvelle mélodie.

Mais ce n'est pas le plus important. L'important, c'est le message panthéiste, pas du tout évident dans l'Église médiévale, et tout à fait révolutionnaire pour l'époque.

Considérer l'eau, la terre, le feu, le vent et les animaux comme une fratrie, ça revient presque à leur donner des droits. C'est de l'écologie prémonitoire.

« Avez-vous du courage, ô mes frères ? Êtes-vous résolus ? Non pas du courage devant des témoins, mais du courage de solitaires, le courage des aigles dont aucun dieu n'est plus spectateur ? »

Friedrich Nietzsche, *Ainsi parlait Zarathoustra*

Quand on aime vraiment, on ne cesse pas d'aimer quand la personne qu'on aime se détériore ou devient vieille.

Quand on aime vraiment, on la laisse courir à sa perte si tel est son choix, après avoir éventuellement juste un peu essayé de l'en dissuader.

J'ai essayé. Beaucoup. Trop sans doute.

Après les stigmates, je n'ai pas pu me résoudre à le regarder dépérir. Je n'y suis allée qu'une fois. Peut-être dans le secret espoir que le voir malade et diminué me guérirait de lui.

Clara se laisse hanter si facilement. Par bonté d'âme sans doute. Elle qui s'est engagée à accueillir toutes les souffrances doit sentir que mon amour en est devenu une.

J'essaie désormais de demeurer aussi bienveillante qu'elle est accueillante, consciente néanmoins que mes intrusions ont quelque chose à voir avec les récits de possession et d'exorcisme qui parsèment certaines littératures.

Je sais que j'ai abusé d'elle l'autre fois en embrassant Gianni. J'espère ne pas avoir trop semé le trouble dans son esprit. Mais peut-être s'y trouvait-il déjà. D'une manière ou d'une autre, elle l'aime. Elle a renoncé à tout pour lui, ou pour Dieu.

J'en suis incapable.

En dépit du fossé existentiel qui nous sépare, je m'ajuste encore très vite sur sa longueur d'onde. L'habitude.

1, 2, 3…

Cling, cling, cling… Le clocher égrène les heures : dix.

Je suis dans la salle commune de la grande bâtisse sur le toit de laquelle Gianni a piqué une colère autrefois. Un feu crépite dans la cheminée où un chaudron est suspendu en permanence pour avoir de l'eau chaude.

J'émiette les plantes que Clara a fait sécher et je prépare une décoction de grande camomille, saule, reine-des-prés, passiflore, valériane, pour calmer les douleurs et l'aider à dormir.

On lui a récemment cautérisé les tempes au fer rouge, comme c'était courant à l'époque pour soulager les migraineux. Gianni était terrifié, mais on lui a si bien vendu l'espoir d'une guérison qu'il a fini par consentir. Pour rien. Et maintenant ses tempes n'en finissent pas de cicatriser.

Rufino est là qui va, vient, remet une bûche dans l'âtre, sort, revient avec des pommes fraîchement cueillies, en propose une à Gianni qui lui dit *Non merci* et, devant son air désolé, dit : *Poses-en une sur le coffre, je la mangerai tout à l'heure*. Presque rasséréné, Rufino vérifie encore, inutilement, que le feu se porte bien, et sort.

J'enduis délicatement les tempes de Gianni d'un mélange de miel et de grande consoude.

Un peu de sang rosé suinte de ses mains, bandées pour que rien ne transparaisse.

Je lui propose de les enduire aussi d'onguent cicatrisant. Il refuse.

– Ces plaies-là sont un don de Dieu.

– Laisse-moi au moins refaire tes pansements…

Il refuse aussi.

Une flamme brûle encore dans son regard, mais autrement. Sa souffrance le transcende. Il n'est plus le Gianni qui me ravissait. J'ai l'impression d'être une usurpatrice, une voleuse d'instants que Clara partagerait plus pleinement avec lui si je ne la squattais pas.

J'ai envie de m'éjecter. Je ne le fais pas encore parce qu'il me semble que, plus forte que moi, c'est elle qui m'engage à rester un peu. Peut-être pour que je comprenne quelque chose.

Je tends à Gianni le bol où Clara a versé la décoction de plantes et de miel. Docile, l'homme que nous aimons boit lentement. La chaleur lui est déjà un réconfort et l'apaise un peu.

– Tu n'as que la peau sur les os, tu manges au moins ?

Si c'était le style de Gianni, on pourrait croire qu'il s'inspire des préceptes cathares et pratique le jeûne comme forme de suicide. Mais malgré sa souffrance, le suicide n'est toujours pas son style.

Il dit qu'il s'hydrate avec des bouillons gras.

– À base d'os, justement, il plaisante.

Et voilà Rufino qui revient, suivi d'une jeune fille porteuse d'un panier.

– C'est Frère Jacqueline qui t'apporte *tu sais quoi*, dit Rufino en se dandinant.

L'œil de Gianni s'allume.

Celle qu'il a baptisée Frère Jacqueline par malice, c'est Jacomina, la jolie veuve de Graziano Frangipani[7]. Ni sœur ni frère, elle fait partie de la branche laïque dite du Tiers Ordre et voue à Gianni un amour supposément chaste. Elle cuisine régulièrement pour lui un gâteau fourré de purée d'amande dont il raffole.

---

7. Le nom de frangipane qu'on donne à l'appareil dont on fourre les galettes des rois aujourd'hui vient sans doute de là.

Incapable de démêler si la lueur qui brille dans le regard de Gianni est le fait du gâteau ou de la beauté de Jacomina, ou d'un mélange des deux, mon cœur se racornit de jalousie.

La ravissante pâtissière, heureusement, ne s'attarde pas.

– Je ne veux pas te fatiguer, dit-elle.

Rufino la raccompagne.

– Ce n'est pas très équilibré comme régime alimentaire, ne puis-je m'empêcher de constater tandis que Gianni mastique douloureusement un morceau de galette.

On dirait une gouvernante acariâtre. Comme celle qui empêchait Clara petite fille de s'attarder près des mauvais garçons. La sévérité pathétique du conseil est à la mesure de mon désespoir. Il lui reste si peu à vivre, il peut bien manger ce qu'il veut.

Gianni sourit. Il dit :

– La vie est si terrible, si surprenante, si merveilleuse.

Et il prend une nouvelle bouchée qu'il mâche avec autant d'extase douloureuse que la première.

Je ne comprends pas ce Gianni-là. Est-ce que ça revient à l'avoir jamais compris ? J'aimais sa fougue, son insoumission, son enthousiasme. Ils convenaient mieux à mon idée de ce que la vie pourrait être si je faisais l'effort de m'y intéresser.

Est-ce qu'avoir la foi rend les épreuves plus légères, plus acceptables ?

Y a-t-il toujours un cadeau caché dans le problème si on ne croit en rien ? Mais parfois il est si énorme, ce problème, qu'il nous engloutit. Il est si puissant qu'on est incapable de voir plus loin que le bout de sa douleur. Elle occulte tout, toute pensée.

Gianni s'éteint peu à peu.

Je lui dis :

– Pourquoi est-ce que ça doit se terminer comme ça ?

– Qu'est-ce que tu dis, petite sœur ? Tu traverses encore un de tes jours de lamentation ?

– Je ne me lamente pas, je m'insurge. Je rends grâce pour la vie, la beauté, l'amour, pour la chance de respirer, mais pas pour la soumission à une religion qui cherche à étouffer l'ardeur, toutes les ardeurs !

– Respire, petite sœur… et prie avec moi.

– Non !

– Prie avec moi, petite sœur, pour me faire plaisir.

J'ai envie de pleurer.

Cette façon qu'il a de me regarder quand il dit ça. De regarder Clara.

Parce que c'est elle qu'il regarde, j'en suis sûre, il l'aime, profondément, vraiment.

Il l'aime parce qu'il a écouté les troubadours chanter l'amour sans espoir et parce que le romantisme commence avec l'impossibilité de consommer qui agace, accroît, démesure.

Clara est son amour chaste et immature.

Et moi, pauvre moi, qui n'ai tellement rien à faire dans cette histoire, ça changerait quoi, que je prie ou pas ? Un fossé théologique nous sépare.

Je laisse Clara prier avec lui, elle lui sera plus tendre que moi.

Je m'éjecte.

Gianni me quittait doucement, ou c'était moi. Difficile de démêler qui de nous deux quittait l'autre, mais on n'était plus sur la même longueur d'onde, lui et moi, c'est un fait. Sa passion, c'est à Dieu désormais qu'il la vouait tout entière et à Ieshoua Ben Yehosef. Lui est resté pur, il a résisté jusqu'au bout en refusant de se soumettre aux banquiers, aux puissants, au dogme. Ça lui a coûté très cher.

Un type bien, ce Ieshoua. On s'en fiche qu'il soit le fils de Dieu ou pas.

Moi aussi, je suis fille de Dieu. On l'est tous, si Dieu existe.

J'allais devenir incollable sur les cathos, les cathares, Ieshoua, les croisades, les insectes, les… quelque chose s'est mis à déconner, je ne sais pas pourquoi.

Peut-être que j'avais commencé à douter du bien-fondé de *mes voyages*, du bien-fondé de mon amour.

Depuis ma dernière visite au chevet de Gianni mourant, je n'étais pas parvenue à shifter. Ce n'était pas faute de m'entêter, j'y passais des soirées, des après-midi entiers. J'essayais de reproduire des shifts réussis. Et bien sûr, plus je m'entêtais et plus je m'éloignais de l'état requis pour shifter.

Je ne traversais que des états fugaces, des sortes de flashs, je m'incarnais une seconde ou deux, dans un renard, une abeille, un cheval, un écureuil, une mouche, non ! pas mouche ! Un papillon…

J'avais à peine ouvert les ailes quand un truc m'a broyée. Violent. J'ai cru mourir. C'était quoi ? Un frelon ? Un chat ? J'ai ouvert les yeux, un peu groggy.

Ma mère était en train de me secouer.

Le temps de revenir dans votre réalité, j'ai grogné :

– Oh, ça va, je suis pas morte !

Tu étais là. C'était quoi cette invasion de gravité autour de ma petite personne ?

J'ai horreur qu'on me plaigne… Bon, pour être honnête, quand j'étais petite j'aurais bien aimé, mais c'était trop tard. Surtout pour être considérée comme une malade par des gens auxquels pour rien au monde je ne voudrais ressembler.

Ce n'est pas à toi que je fais allusion, hein. Toi, tu es forte. Tu es l'héroïne de la petite-bourgeoise fille d'intellos n'ayant jamais manqué de rien ni traversé aucune épreuve, que je suis.

– Ça va, je me suis juste un peu évanouie… je faisais un rêve bizarre, fin de l'histoire !

– Tu as crié, a dit ma mère. Masha passait justement demander de tes nouvelles, alors on est venues voir si tu avais besoin d'aide. Ça te va comme explication ?

– Ça arrive de crier en dormant, il y a des précédents, je suis sûre…

Ma mère a soupiré. Elle a dit qu'elle allait faire du thé et qu'elle nous appellerait quand il serait prêt. Son côté british : elle est allée une fois à Londres, elle a adoré. Depuis, le thé est le remède à tous ses maux.

– Profites-en pour trouver une explication plausible au fait que Masha soit obligée de passer pour savoir comment tu vas, alors que vous êtes censées vous voir tous les jours au lycée, elle a ajouté avant de sortir. Je te rappelle, pour la cohérence, que tu as prétendu ne sécher que *quelques cours*.

Et elle a refermé la porte derrière elle.

– C'est malin ! t'ai-je reproché. Non ! Je voulais dire... je suis désolée, c'est ma faute !

Ç'aurait plutôt été à toi de m'en vouloir de ne pas t'avoir donné signe de vie.

Tu t'étais inquiétée de ne pas me voir au lycée depuis plusieurs jours. Je me serais inquiétée aussi à ta place.

Je ne répondais même pas à tes messages. En partie par négligence. Tu me connais, il m'arrive d'oublier de recharger mon téléphone. Il a beau tenir la charge presque une semaine, il finit quand même par flancher.

– T'as une tête de zombie, m'as-tu chuchoté de crainte que ma mère n'écoute aux portes. De zombie mal coiffée, ce qui se fait de pire, je t'assure. Je plaisante mais je devrais pas. J'aimerais bien me tromper, mais j'ai l'impression que tu déconnes. Alors, je m'en veux, je me sens responsable, tu comprends ? Il faudrait peut-être faire une pause avec le shifting.

– Mais je ne peux pas, Masha ! Je suis amoureuse. A-mou-reuse. Les papillons dans le ventre, tu vois ?

Le désintérêt total pour tout ce qui n'est pas lui, tu dois connaître ça avec ton Irlandais chéri ? J'hésitais à t'en parler, tu as bien fait de passer, tu vois, t'es au courant comme ça. Non, elles n'étaient pas théoriques mes questions, t'es contente ? Je sais bien que tu t'en doutais. Tu veux me sauver ? Mais de quoi ? De l'amour ? Je te fais peur ? Moi aussi, je me fais peur, figure-toi...

J'ai repris mon souffle, tu ne disais rien.

– Je ne sais pas ce que t'as raconté à ma daronne, mais je parierais que c'est à cause de toi qu'elle se fait du souci. Je te félicite, remarque, c'est super fort d'avoir réussi à l'inquiéter à mon sujet.

Quelle mauvaise foi. Je t'engueulais presque alors que tu étais dans mon camp. Quand je m'en suis rendu compte, j'ai tenté de te rassurer.

– Ça va aller, t'inquiète, je vais gérer. Je suis un peu à cran parce que je dors mal. Pas de quoi fouetter les canards. Elle est débile cette expression d'ailleurs...

– C'est mauvais pour le mental de ne pas dormir, t'es au courant ? Et si tu dors mal, c'est qu'il y a une raison. Oui c'est vrai, je me fais du souci pour toi.

Et tu m'as serrée contre toi.

Je n'aime pas trop les effusions, mais j'avoue que j'étais émue. Dans tes bras, je me suis souvenue qu'on ne disait pas *fouetter les canards* mais fouetter autre chose, je ne savais plus quoi. Je m'en foutais. J'étais déjà à moitié ailleurs, à fustiger mon impuissance à venir en aide à Gianni.

En plus, il n'était même pas amoureux de moi. J'avais usé mon énergie à rien du tout. Je me trouvais nulle une fois de plus. Fallait-il que j'échoue dans tout ce que j'entreprenais dans cette vie et dans les autres ? Le pire, c'est que je ne pouvais pas m'empêcher de penser que c'était peut-être à cause de moi que la vie de Gianni avait si mal tourné, du style une shifteuse s'immisçant dans une faille de l'espace-temps et susurrant des idées de stigmates à un type qui n'en avait jamais entendu parler. Je n'arrivais pas à m'enlever ça de la tête.

J'avais lu des tas de documents sur sa vie, son œuvre, qui en faisaient état avant que j'aille m'en mêler, mais ça ne prouvait rien. Si le temps n'existe pas vraiment, rien n'empêche d'aller tripoter le passé et de le modifier, et donc… donc… tout se mélangeait, j'achoppais. Je me perdais.

Je protestais que tout allait bien mais j'étais larguée. Je voulais juste être près de Gianni, pour toujours.

Après ton départ, ça s'est compliqué parce que le paternel est monté au créneau pour que j'accepte de voir un psy.

– C'est pas la peine, je gère, je lui ai dit. Le lycée, c'est bon, j'en ai pas pour longtemps à rattraper.

– Il ne s'agit pas de ça, tu le sais très bien.

– Non ? Il s'agit de quoi ?

– Tu as une tête de déterrée. De zombie.

C'était la première fois que j'entendais mon père prononcer ce mot.

Je suis sûre que c'est toi qui le lui avais soufflé sans le faire exprès. Ça m'aurait presque donné envie de rire si j'avais eu le cœur à ça. Ma mère ne mouftait pas. Elle touillait nerveusement son sixième thé alors qu'elle n'avait pas mis de sucre dedans. Elle n'en met jamais. C'est dire le niveau de perturbation qui régnait.

Ça ne m'aidait pas.

– Un psy pourrait te prescrire un somnifère pour commencer, a insisté mon père. Tu pourrais dormir un peu, ce serait un début.

– Le début de quoi ? T'es en train de me conseiller de me droguer, c'est ça ?

Ma mère, gavée de somnifères et d'anxiolytiques depuis que je la connais, s'est crispée. Elle aurait peut-être dû boire moins de thé, déjà.

– Le temps de retrouver figure humaine, oui, a insisté mon père.

Là, elle s'est carrément figée. Ça laissait présager une discussion épicée hors champ.

J'étais tellement à fleur de peau que je finissais par penser qu'après tout, ça m'aiderait peut-être de prendre une substance pendant quelque temps.

Quel avenir envisager dans cette époque sans âme où si j'avouais brûler d'amour pour un saint du douzième siècle, on allait m'enfermer ? Les anxios n'étaient pas un si mauvais plan après tout. Je pourrais même essayer d'en refiler une tablette à Gianni et atténuer ses souffrances… L'idée m'a enthousiasmée.

C'est une chose à laquelle je n'avais jamais pensé et dont je n'avais jamais non plus discuté avec toi : emmener des trucs du vingt-et-unième siècle dans mes shifts !

Mes idées se bousculaient sans s'attarder, avec un petit semblant de cohérence. Par exemple, juste après m'est venue celle de tenter un bon gros shift dont on ne revient pas et de rester là-bas pour toujours, près de Gianni. En chien, en chat ou en oiseau. En corbeau, peut-être ? Ça s'apprivoise, c'est intelligent, c'est joueur, et fidèle. Ça ne change de partenaire que si la mort les sépare. Tout à fait moi, ça, le corbeau. Ça vit un peu trop longtemps peut-être ?

C'est possible de shifter définitivement ?

Mon père n'a pas semblé mesurer la dangerosité de sa suggestion quand j'ai acquiescé à la chimie.

On était dimanche. J'ai calculé que même s'il appelait SOS Médecins, le temps qu'ils arrivent, plus celui d'aller à la pharmacie, ça me laissait une marge.

D'autant qu'il n'allait sûrement pas appeler SOS Médecins. Pragmatisme oblige, à tous les coups, il allait prendre un rendez-vous normal sur Doctolib.

Avant qu'on se mêle de me prescrire quoi que ce soit, j'ai filé dans ma chambre.

– Je vais dormir un peu.

« Tout ce qui est inquiétant dans l'avenir et tout ce qui jadis faisait frémir les oiseaux à jamais envolés est en vérité plus rassurant encore et plus familier que votre "réalité". »

Friedrich Nietzsche, *Ainsi parlait Zarathoustra*

Cette fois, j'ai pris le temps de la réflexion : une demi-heure.

Une fois mon choix arrêté, je me suis trouvée géniale. Ça n'a pas duré, mais ça ne m'était pas arrivé depuis longtemps et un petit shoot d'estime de moi était le bienvenu.

Ma résolution de shifter dans l'ordre chronologique de la vie de Gianni n'était évidemment plus au programme. Pour mes dernières tentatives d'infléchir son destin avant que la chimie ne se mêle du mien, je devais remonter le temps, son temps à lui. Jusqu'à un moment stratégique où tous les possibles étaient encore ouverts.

J'allais tenter une intrusion dans son voyage à Rome pour faire accepter la première version de sa règle.

Elle était depuis plusieurs jours entre les mains d'Innocent III qui refusait pour l'instant de recevoir son auteur. En fait, comme tu le sais maintenant, il n'allait pas le recevoir du tout. Mais Gianni, lui, n'en sait rien encore, alors il attend.

Il a fait le voyage avec quelques-uns de ses compagnons, dont Bernardo di Quintavalle et Frère Illuminé. Frère Illuminé !... Je ne sais pas d'où vient ce type ni quel est son passé. Les surnoms reflétant toujours une profession, une ville d'origine, un pays, un trait physique ou de caractère, *illuminé*... bon. Ça n'a pas d'importance pour la suite de toute façon.

J'ai visualisé Rome où j'étais déjà allée, façon de parler.

J'ai visualisé Gianni, m'imaginant marchant à ses côtés.

J'ai visualisé Bernardo que j'avais déjà vu plusieurs fois, facile.

Dans ma main fermée, trois comprimés d'anxiolytique dont j'espérais qu'ils feraient le *voyage* avec moi. Si ça marchait, j'en prendrais plus la prochaine fois.

1, 2, 3... 99, 100, 1, 2... 100, 1, 2...

Je dois m'y reprendre à plusieurs fois, presque forcer le passage. Je finis par y arriver mais je ne suis pas au bout de mes peines. Rarement je me suis sentie aussi mal à l'aise, maladroite, engoncée. Le corps dans lequel j'ai atterri ne m'accueille pas de bon cœur, c'est le moins qu'on puisse dire.

Dans ma main, il n'y a hélas pas trace d'un comprimé.

Je ne suis pas Bernardo et je ne le vois pas. Gianni est là en revanche. Je chemine avec lui vers le quartier où réside le pape en m'efforçant, hors d'haleine, de me maintenir à sa hauteur. C'est lui pourtant qui est censé avoir mal aux os. Sans doute pas en ce moment puisqu'il a entrepris le voyage.

Je suis Frère Illuminé ! C'est la première fois que je shifte en garçon et le truc qui ballotte entre mes jambes me perturbe. Pas le truc en lui-même, ce qui pendouille derrière.

Contrairement à toi, Masha, je n'en ai jamais vu en vrai, sauf en photo.

Oh, allez, j'avoue, j'ai aperçu une fois, de loin, l'outillage de mon père qui sortait de la salle de bains avec une serviette mal ajustée. Je me souviens même d'avoir pensé que c'était une preuve que Dieu n'existait pas. Comment un créateur qui se respecte pourrait avoir l'idée d'un machin pareil ?

Et si Dieu existait, *le truc* était un argument à l'appui de la théorie du coup d'essai pour le premier humain. Dieu n'était pas concentré, Il s'est emmêlé les pinceaux. À moins qu'Il ne se soit dit *Au diable l'esthétique, ce n'est pas le plus important.* À ce point-là, quand même…

Le fait est que ça se dandine et que j'ai du mal à me concentrer sur ma mission. La situation m'échappe encore plus quand la robe de Frère Illuminé se met à arborer… un certain relief.

Gianni lui plaît ?!!! C'est parce que je le squatte ou… ? Même Clara Offreducio ne regarde pas Gianni comme ça, avec cette peur de le voir trébucher, cette admiration pantoise, ce… ce désir, oui ! Je le désire, rien de nouveau à ça, la nouveauté, c'est que c'est très différent de ce que j'ai ressenti en shiftant en Clara ou même en Elmira. Pas évident de plaider une cause dans ces conditions. D'autant que je dois courir pour me maintenir à la hauteur de Gianni, ce qui accentue le tangage, à droite, à gauche.

Le souffle me manque, ma confusion m'indispose.

– Ils vont te… dévorer, nous dévorer, renonce !… Renonce, je t'en prie… rentrons chez nous !

Ouf ! Gianni s'arrête, me regarde, se doute que quelque chose cloche. Frère Illuminé ne lui parle pas comme ça d'habitude. Je ressens le trouble du pauvre petit moine que j'ai envahi, tous les troubles.

Je-il transpire et m'agite, pas seulement parce que je suis hors d'haleine.

– Qu'est-ce qui te prend, petit frère ? Tu te rends compte que ce n'est pas le moment ? Je dois me concentrer sur mon entrevue avec le pape, tu comprends ? Hier, il n'avait pas le temps, avant-hier non plus, il va peut-être nous recevoir aujourd'hui. Alors non, bien sûr que non, évidemment que non, on ne rentre pas chez nous !

Il se remet en route d'un pas vif, tandis que je recommence à trottiner, ballotter, souffler.

– On n'a pas besoin de l'Église, on peut s'en passer... renonce ! Allons-nous-en, on peut faire la révolution sans le pape...

– La révolution ? Tu es vraiment bizarre aujourd'hui, petit frère. Tu as dû rester trop longtemps au soleil. Écoute-moi : je sais ce que je fais ! Aie confiance.

Et il repart.

Prisonnière du corps chétif de Frère Illuminé, je suis à la peine. C'est tout juste si je parviens encore à tenter :

– Tu pourrais former un groupe dissident qui suivrait ta règle sans pour autant se soumettre à l'Église... ça s'est fait, non, ça se fera... je veux dire...

Gianni me regarde, perplexe.

– Qu'est-ce que tu racontes ? Une secte ? C'est ta suggestion, une secte ?

– Pourquoi pas ? Le christianisme est une secte qui a réussi...

*

Le christianisme, une secte juive ? C'est peut-être un peu exagéré même si certains l'ont évoqué. Après tout, qu'est-ce qui différencie une religion d'une secte ? Les adeptes devenus trop nombreux ?

Gianni s'est éloigné de sa religion sans en renier les principes, comme le Nazaréen.

Les deux voulaient que les riches soient moins riches et les pauvres moins pauvres – un programme communiste, voire anarchiste, d'autant plus énervant pour l'autorité que diffusé par des incorruptibles qui n'avaient que faire du pouvoir puisque, d'une certaine façon, ils l'avaient déjà.

Le Nazaréen n'a jamais eu l'intention d'instaurer une nouvelle religion, encore moins une Église dotée d'un pouvoir temporel.

Partager, prendre soin, aimer, leur message est si simple qu'il séduit. Le seul moyen de les faire taire est de les crucifier, les brûler ou, mieux, pour éviter d'en faire des martyrs mémorables, d'édulcorer leur message. C'est cette dernière solution qui guette Gianni.

*

Il me repousse, contrarié.

– Tu délires, petit frère. Tu dois manquer de sommeil. Va retrouver Bernardo et les autres au bord du Tibre, je vous y rejoindrai tout à l'heure.

Et il me plante là.

Marre de ce corps ! Il est nul. On dirait un mulet à côté d'un pur-sang. Un mulet en rut, qui plus est.

Je parviens encore à rattraper Gianni et à agripper la manche de sa tunique pour le faire ralentir.

– N'y va pas, s'il te plaît… renonce, je t'en conjure !

Je ne remarque pas une anfractuosité, je trébuche, m'étale.

Gianni se précipite pour me relever, trop tard. L'émotion m'a éjectée.

Dimanche, quinze heures trente.

92, 93, 94, 95, 96… 100, 1, 2, 3, 4…

J'essaie d'y retourner, une fois, deux fois, trois… en vain… J'espère que Frère Illuminé ne s'est pas fait trop mal, je ne le connais pas mais bon, c'est ma faute s'il s'est étalé.

Dimanche, seize heures.

Je tente une rencontre dans la forêt, là où Gianni a coupé les cheveux de Clara. Elle aura peut-être une meilleure influence sur lui que Frère Illuminé. À ce stade de leur vie, ça m'étonnerait, mais ça se tente quand on commence à désespérer.

98, 99, 100, 1, 2, 3…

Clara me laisse m'insinuer… Sauf qu'elle est-je suis dans une cellule monastique au chevet d'un corps étendu auquel je fais boire un breuvage tiède, miellé. Un corps que je ne reconnais pas tout de suite, sans doute parce que je n'ai pas envie de le reconnaître…

Je me suis trompée d'époque !

Ravagé par la maladie, les traits creusés, Gianni paraît avoir cent ans ! Il est trop tard pour agir, trop tard pour tout. J'ai la nausée… je ne veux pas qu'il meure !

Je ne veux pas !

Je suis éjectée. J'ouvre les yeux.

Dehors, le soleil murmure.

Dedans, je suis allongée sur mon lit.

Debout devant moi, mes parents, visages graves, me contemplent, atterrés.

Depuis combien de temps sont-ils là, dans ma chambre ?

– C'est mon espace ici ! Vous n'avez pas le droit d'entrer !

– Tu as crié.

– JE VAIS BIEN ! Laissez-moi tranquille !

Je me lève, pas si assurée que je l'imaginais. Je parviens néanmoins à les pousser hors de ma chambre.

Je m'étends, j'essaye de repartir.

Une fois, deux fois, dix.

J'essaye de squatter un être plus simple, un chien perdu près de la bergerie. J'en ai vu un rôder quand je me promenais à cheval en Elmira. Chien, je pourrais m'approcher de Gianni, il me caresserait, il caresserait forcément son frère chien, et s'il me caressait, ça m'aiderait à reprendre confiance pour shifter en autre chose.

J'imagine la fourrure, la truffe, les coussinets, je visualise le chemin, les moutons broutant dans la pâture.

Je compte, je recommence, je me crispe, chaque tentative m'éloigne davantage de mon but.

À force de compter jusqu'à cent, jusqu'à mille, je m'emprisonne dans le réel, je deviens pierre – sur laquelle personne ne s'aviserait de bâtir une Église.

Survoltée, incohérente, je fonce dans la salle de bains où je mets sens dessus dessous l'armoire à pharmacie dans l'espoir de dénicher un médoc dans le stock de ma mère – les somnifères, je sais qu'il y en a dans le tiroir de sa table de chevet, mais je ne veux pas d'un somnifère, je veux shifter. C'est d'un anxiolytique que j'ai besoin, pour me calmer. On dirait qu'ils ne sont pas rangés au même endroit que la dernière fois, il faudrait que je sois en état de lire les notices, mais tout est rangé si serré que ça dégringole. Je tente de recaser les boîtes en pagaille quand la spécialiste de Rousseau surgit.

– Je peux t'aider ? elle me demande, sans conviction.

Comme je ne lui réponds pas, elle m'empêche de poursuivre mon rangement sauvage, va jusqu'à lutter au corps à corps avec moi.

Elle est forte pour son âge, je n'aurais pas cru.

– Tu vas aller t'asseoir dans le canapé du salon, et je vais t'apporter ce que tu cherches, d'accord ? dit-elle en maintenant fermement mes poignets.

– D'accord ? elle répète un ton au-dessus.

J'obtempère. Je n'ai pas le choix.

Ma mère fait couler un verre d'eau et me tend un comprimé.

– Ça devrait commencer à faire effet d'ici une petite demi-heure. En attendant, tu vas me raconter ce qui te met dans des états pareils.

– Je l'ai déjà expliqué, le shifting, tout ça, mais vous n'avez pas l'air de capter, qu'est-ce que j'y peux ? Disons qu'il y a parfois des ratés, fin de l'histoire…

Comme elle voit qu'elle ne tirera pas grand-chose de moi, elle se met à parler et m'assomme de conseils de sagesse du style qu'on trouve sur Internet, *Le monde tel que nous l'avons créé… Une vie passée à faire des erreurs… Le calme est le seul refuge…* gna gna gna.

Je ne l'écoute pas, j'en suis incapable.

En revanche, va savoir pourquoi, j'entends très bien mon père qui, depuis le bureau, appelle SOS Médecins.

– C'est pas la peine, je gémis. Le truc va faire de l'effet, ça va aller, pas de quoi déranger la faculté…

Toutes sortes de pensées me traversent, sans logique apparente, ni queue ni tête.

La première qui me vient, c'est l'envie que tout s'arrête, le monde, tout, style méga tremblement de terre ou déluge, mais sans Gilgamesh, sans Noé, sans survivant, Dieu s'en fiche de toute façon, Il est omnipotent, ce qui nous arrive est sans importance, Il rêvera d'autres créatures, Il s'éclatera autrement, et moi je rejoindrai Gianni quelque part, je le retrouverai toujours, j'en suis sûre, et quand les extraterrestres découvriront notre extinction, ils s'étonneront qu'une créature intelligente ait mis tant d'inventivité à se détruire. Mais peut-être que notre espèce n'est pas si intelligente que ça, finalement…

J'ai pensé à voix haute. Ma mère a écouté, bouche bée, sa fille se prendre pour une prêcheuse du douzième siècle. C'est addictif d'avoir un public, alors je prends goût, je continue, je démontre, j'atteste. Incohérente majuscule, je parle du shifting, de l'Église, des saints, du pape, des croisades, j'extravague en me rapprochant de Rousseau dont je ne sais quasi rien en dehors de son mépris pour la richesse et de sa relation élastique à Dieu. Au passage, je me souviens qu'il a abandonné ses enfants et que c'est sûrement pour ça que ma mère l'adore. Je parviens Dieu sait comment, vu le tohu-bohu de mon cerveau, à ne pas prononcer le nom de postérité de Gianni – François-d'Assise –, je m'exalte, je messianise, Gianni est à moi, rien qu'à moi for ever !

Je crois qu'au moment où on sonne à l'interphone de l'immeuble, n'importe qui en déduirait que je suis bonne à enfermer. C’est aussi l’avis du médecin qu’on informe que je viens d’avaler un anxiolytique.

Il m’injecte quand même un truc, et je m’endors. Délicieusement.

Je me réveille à Sainte-Anne.

On m'a gavée de pilules. Je n'arrive plus à shifter. Il paraît que je suis sur le chemin de la rédemption… ou de la normalisation, ce qui est déjà moins réjouissant.

Je vois un psy tous les jours.

Crois-moi si tu veux, Masha, il m'a complimentée sur ma culture et ma maturité.

J'ai cru qu'il se fichait de moi, il m'a assuré que non. Mais je dois aussi t'avouer que juste après il m'a précisé qu'une telle maturité n'était pas souhaitable à mon âge et que je devrais plutôt m'appliquer à être un peu plus insouciante.

– Vous voulez dire que vous me conseillez d'éviter les infos ? j'ai ironisé.

– Pourquoi pas. La presse colporte rarement les bonnes nouvelles.

– Il y en a ?

– Oui. En revanche je ne suis pas certain que le cynisme te soit secourable.

– Moi non plus.

Ce que je retiens de mes shifts dans les animaux, c'est l'impression d'avoir entrevu quelque chose de plus grand, de moins borné, de moins têtu. Au point de me demander si les bêtes ne sont pas mieux renseignées que nous sur LE Grand Mystère. Au point même d'envisager que l'Être a prémédité qu'on ne puisse pas communiquer entre espèces pour s'assurer que le secret ultime des choses ne parvienne pas jusqu'au cerveau humain, le seul capable de s'en servir à mauvais escient.

Je crois que je t'ai tout raconté, Masha. Je n'avais jamais autant parlé de moi à quelqu'un. Même au psy.

Je n'ai pas l'impression d'être réellement malade. Addict au shifting, oui. Mais ça va mieux.

Et amoureuse, oui aussi. C'est peut-être une maladie, après tout. On dit *tomber* amoureux, déjà, ça suggère. C'est difficile d'aimer. Si difficile qu'on pourrait en faire un but, une œuvre.

Gianni me manque.

Il avait l'air si vivant quand je shiftais, je n'arrive pas à le penser *mort depuis longtemps*. Je suppose que c'est ce que ressentent les gens qui ont perdu un être cher.

Ce n'est pas ce qui est vrai qui compte, c'est ce qui aide à vivre…

C'est Nietzsche qui a dit un truc dans le genre, non[8] ? Ça s'est mal fini pour lui, non ? J'ai entendu dire.

---

8. Citation attribuée à Friedrich Nietzsche.

Il y a une otarie au milieu du bassin. Et un lion endormi, paisible. Ils n'essaient pas de fuir, ça ne peut même pas leur venir à l'idée, pas plus qu'à celle du guerrier celte qui fait le guet. Plutôt beau gosse, ce guerrier, à demi allongé dans une position si peu naturelle qu'on redoute la crampe pour lui. Il ne risque pas d'en attraper une.

Non, je ne shifte pas sur la banquise, ni dans un zoo, ni à l'époque celtique : l'otarie, le lion et le guerrier sont en pierre. Je suis assise sur un banc dans le parc de l'hôpital Sainte-Anne où je vis depuis quelques semaines.

Mais tu dois être au courant maintenant.

Un – ou une ? – pensionnaire comme moi a maquillé les lèvres du guerrier celte. Le ou la même, ou une autre, lui a dessiné une tache rouge dégoulinante au milieu du front. Pfshou ! Ça illustre le genre de pensée qui hante les passagers en transit par ici.

Le couvent de Clara ressemblait un peu à cet endroit : une cellule, un parc, des chants d'oiseaux.

À l'extérieur, les humains vivent dans le brouhaha de leur quotidien et de leurs contraintes.

À l'intérieur : un monde parallèle où on n'est responsable de rien, tenu à rien.

Certains considèrent que c'est une force de vivre reclus comme les moines ou les ermites. Je trouve qu'il en faut de bien plus grandes pour se coltiner au réel, s'y brûler, déchirer, vivre plus fort, quitte à y laisser des plumes.

J'ai voulu empêcher Gianni de s'emprisonner dans une confrérie, mais résister à l'ordre établi aurait pu lui coûter très cher, comme à d'autres avant lui. Il a choisi la meilleure solution pour passer à la postérité sans trop de dommages. La raison qui m'a fait tant m'acharner à squatter sa vie n'est pas raisonnable : cette raison, c'est que je le voulais pour moi seule parce que je l'aimais, parce que je l'aime.

Je ne fais rien depuis une semaine. Ça pourrait s'appeler l'ennui.

Sauf qu'à force de ne rien faire, je remarque des choses que je ne voyais pas avant. Avant, j'effleurais. À présent, je regarde. Et plus je regarde, plus je vois : l'arbre qui murmure dans la brise, l'oiseau au vol hésitant, le bourdon inlassable qui butine, ma sœur l'abeille, mon frère le papillon, tous me prolongent et me justifient, tout est miroir et tout me nourrit.

Rien n'est futile. C'est notre façon d'appréhender les choses qui est futile. Il faut juste aiguiser le regard.

Ce qui nous fait défaut, c'est de savoir nous faufiler dans la dimension sacrée où tout est nourriture.

Ouh là là, j'espère que je ne suis pas en train de faire de la pub pour l'HP ou pour les anxios ?

Ce serait une induction en erreur, vu que quand le psy a diminué mes doses, mes sens se sont encore affûtés. Je devine les intentions des gens, des bêtes, ce qui est à craindre, ce qui ne l'est pas. Rien de plus normal si on y réfléchit, puisque tout est lié. Ce n'est pas de la théorie de pipeau, c'est du solide, du scientifique. Tout-est-lié.

Chacun de nos actes impacte le monde, chacune de nos pensées. La vie est bien plus vaste que ce qu'on en voit, ce qu'on en sait, et elle ne cesse jamais. Shakespeare le disait, il y a longtemps déjà. Il n'est pas allé à l'HP, Shakespeare. Ça n'existait pas ?

Yes we're lovers, and that is that
Though nothing will keep us together
We could steal time just for one day[9]*...*

---

9. Extrait de *Heroes*, de David Bowie.

Gianni erre peut-être dans le présent parfait des physiciens, le temps illusoire. Au début, j'ai essayé de m'empêcher de penser à lui, mais c'était une autre façon de penser à lui. Alors j'ai arrêté d'essayer et il s'est produit un truc magique : je me suis mise à rêver de lui. Pas shifter, rêver.

Dans mes rêves, il n'a pas de stigmates, il est toujours jeune, gai, facétieux. Il pose sur moi ses yeux clairs et, avec sa voix sucrée, il dit :

– Arrête de raconter des bêtises, petite sœur.

Puis il me prend par la main et on marche dans une allée de marronniers, quelque part dans une ville, je ne sais pas quelle ville.

C'est un rêve qui me fait du bien. J'ai même appris à me programmer avant de m'endormir pour le vivre encore et encore. Voilà, c'est acté, je ne shifte plus, je rêve. Ça, on peut, non ? Tout le monde a le droit de rêver.

Je n'ai pas l'intention de demander son avis au psy.

Il m'a dit que si je ne shiftais plus et que je revenais discuter avec lui tous les quinze jours, je pouvais sortir.

Mes parents se sont inquiétés pour moi, tu te rends compte ? Ça veut dire que je ne compte pas complètement pour des prunes. Je vais m'en contenter. Je ne suis plus une petite fille maintenant, ma vie va bientôt se déployer loin de leur huis clos étriqué.

Ce matin, en faisant ma dernière promenade dans le parc de l'HP, j'ai reconnu une des herbes que Clara cultivait pour Gianni : la grande consoude. J'y ai vu comme un signe qui m'a redonné confiance en mon avenir mystérieux. J'ai prélevé quelques graines pour en faire pousser sur mon balcon. J'espère que ça plaira aux oiseaux.

Si je n'ai pas l'amour, je ne suis rien... disait Saul de Tarse aux Corinthiens.

Comme si on pouvait échapper à l'amour... D'ailleurs ça veut dire quoi, *je n'ai pas l'amour* ?

Gianni disait que l'amour est partout, dans chaque chose vivante. C'est un pouvoir magique qui enchante le quotidien, qui se nourrit d'un petit nuage rose ou blanc, des vocalises d'un pinson, d'un vol de goélands.

L'amour est une occasion majuscule de s'en prendre plein la gueule.

La vie est un jeu.

La vie est un *je*.

Si JE n'ai pas l'amour, JE ne suis rien.

Je te remercie de m'avoir lue, Masha, et j'espère qu'on pourra bientôt prendre une bière au gingembre dans un café près du métro Place des Fêtes.

ÉPILOGUE

« Il n'y a que deux façons de vivre sa vie :
l'une en faisant comme si rien n'était un miracle,
l'autre en faisant comme si tout était miraculeux. »
Albert Einstein

Depuis que je suis rentrée, mes parents font comme si j'étais une porcelaine fragile ou la reine des abeilles. Ils s'assurent dix fois par jour que je n'ai besoin de rien.

J'en profite, ça ne va pas durer. Quand je leur ai réclamé une jardinière et du terreau pour planter mes graines, ils ont rechigné un peu déjà.

– On achète ça où ?

Je ne sais pas si tu vois l'ampleur de leurs lacunes concernant la vie pratique.

– Sur les quais. Mais je peux y aller si vous n'avez pas le temps…

– Non ! On va commander pour qu'ils nous livrent, a protesté mon père.

Commander. Pour qu'ils nous livrent. Les quais sont à huit stations de métro de chez nous…

Un couple de moineaux a profité de mon absence pour s'installer dans un de mes nichoirs, il y a même des œufs ! Je suis aussi fière que si je les avais pondus moi-même !

Il faut que tu viennes voir ça, Masha. Oui, il faut que tu viennes puisque je ne peux toujours pas t'envoyer de photos. Mais ça va changer. J'ai abusé de mon pouvoir monarchique pour réclamer un outil plus… social. C'est agréable d'être reine, surtout quand on sait que c'est éphémère. Comme le règne du petit évêque au Moyen Âge…

Je suis allée écouter l'organiste tout à l'heure. J'avais l'impression qu'une éternité s'était écoulée depuis la dernière fois, et en même temps, tout m'était si familier…

Je ne sais pas à quoi pensait Jean-Sébastien Bach quand il a composé sa toccata en *ré*.

Je ne sais pas s'il pensait à un truc transcendant du style Dieu.

Je ne sais pas non plus à quoi pensait Dieu quand Il a créé la musique.

Et je ne sais pas – je t'assure que je me le demande en toute candeur malicieuse – quel effet produit cette musique sur ceux qui ont fait vœu de chasteté.

Sur moi, je sais. La toccata en *ré* est un hymne à la vie d'une si féroce sensualité que tout mon être s'en trouve vaudouïsé. Jean-Séb a eu vingt enfants, ce qui tend à valider l'hypothèse. Les premières phrases s'élèvent, je succombe, je deviens arbre, pierre, feuille, vent, mélodie, je deviens onde, je deviens Tout, Tout ce qu'on veut, je deviens Dieu, je dis oui. À tout.

La toccata en *ré* est un *oui* majuscule.

En plaquant les dernières notes, l'organiste me découvre, embrasée, et son regard achève de me consumer.

Cendre, je m'envole jusqu'au parc, légère.

Brise, soleil tiède, odeur d'herbe écrasée, de résine.

Je m'échoue sur un banc sous un cèdre géant, je ferme les yeux pour sentir sa force infuser en moi.

Sous mes paupières, le jardin du couvent, Gianni, son visage, ses mains, son odeur, sa voix.

Clara, tu ne peux pas, je ne dois pas, nous ne pouvons pas…

Le goût de l'interdit se répand en petites vagues sucrées sous ma peau tandis qu'une pensée s'insinue : et si Gianni n'en avait pas tout à fait sa claque de la race humaine, et s'il était revenu finir le job… en musique ?

On dit que les âmes qui ont des liens forts se réincarnent dans les parages l'une de l'autre. C'est si romantique.

Et si c'était vrai…

J'ouvre les yeux. Il est assis près de moi. Pas Gianni, l'organiste.

Il dit :

– Tu n'as pas appelé.

– Non.

– Ça faisait longtemps. Tu étais où ?

– Oh… j'avais rendez-vous avec la chimie.

– C'était intéressant ?

– Bah…

Sa main progresse de quelques doigts vers la mienne. Style crabe, un peu.

Elle est tout près maintenant. Comme celle de Gianni dans le jardin du couvent.

Je dis :

– Ne va surtout pas t'imaginer que je suis le genre de fille à baiser avec n'importe qui, juste parce qu'il joue bien de l'orgue.

– Ça tombe bien, je suis pas n'importe qui, et je baise pas… Il m'arrive de faire l'amour, en revanche.

Le silence.

Une respiration après l'autre, j'apprivoise le monde où Gianni n'est pas. Et où il est, cependant.

Le soleil déjà coule dans la mousse des arbres, tranquille.

Il se lève, me tend la main – l'organiste, pas le soleil.

– On marche ?

J'hésite, un peu, beaucoup, passionnément… plus du tout.

Le souvenir du goût des lèvres de Gianni inonde mes papilles, saveur caramel salé.

Peut-être que j'en apprendrai un peu plus sur moi si je mêle mes pas, entre autres choses, aux siens ?

Peut-être que la sagesse c'est être là, respirer, contempler le miracle.

Peut-être que le miracle n'est pas de marcher sur l'eau mais d'être vivant.

Il faut apprendre à danser sous la pluie, petite sœur…

Interview de David Bowie par Russell Harty, en 1973 :

R. H. : Do you believe in God ?

D. B. : I believe in an energy form, I wouldn't like to put a name to it.

R. H. : Do you indulge in any form of whorship ?

D. B., après un court silence : Life. I love life very much indeed.

Cet ouvrage a été achevé d'imprimer sans s'arrêter de compter
pour le compte des Éditions Thierry Magnier
par l'Imprimerie Floch à Mayenne en septembre 2024
Dépôt légal : octobre 2024
NBJ/00145.01.00001.001
N° d'impression : 105714
Imprimé en France